Eduard von Bauernfeld

Die Bauern vor Weinsberg

Schauspiel in drei Akten

Eduard von Bauernfeld

Die Bauern vor Weinsberg
Schauspiel in drei Akten

ISBN/EAN: 9783743326064

Hergestellt in Europa, USA, Kanada, Australien, Japan

Cover: Foto ©Andreas Hilbeck / pixelio.de

Manufactured and distributed by brebook publishing software (www.brebook.com)

Eduard von Bauernfeld

Die Bauern vor Weinsberg

Für die deutschen Theater als Bühnen-Manuscript gedruckt.

Die Bauern vor Weinsberg.

Schauspiel in drei Akten

von

Bauernfeld.

Wien, 1864.
Selbstverlag des Verfassers.

Vorwort.

„Der sicherste Weg zur Freiheit ist die Kultur der Freiheit." — Dieser Ausspruch eines deutschen Historikers kann beiläufig als Motto für Stoff und Plan des Autors gelten. Die „Bauern vor Weinsberg" behandeln ein tragisches Ereigniß aus dem sogenannten deutschen Bauernkrieg. In dieser gewaltigen, religiös-politischen und socialen Bewegung tauchten zuerst die Ideen im Keime auf, welche später und nach vielen Kämpfen entwickelt und gereift, gegenwärtig bereits ein Gemeingut aller gebildeten Völker geworden sind, obwohl ihr Kreislauf noch nicht vollendet ist. — **Die Aufhebung der Leibeigenschaft und die Befreiung des Bodens** ist und bleibt der Grundgedanke, welcher die Bauern des sechszehnten Jahrhunderts aufstachelte; — in den zum Theil unbekannten Führern, die den Aufstand halb im Verborgenen leiteten, war die Idee der **Selbstständigkeit der Völker**, ja der **Einheit der deutschen Nation** zuerst lebendig geworden. — Die große Bauernfrage ward in unseren Tagen, nach drei Jahrhunderten, zu Gunsten der Bauern entschieden, die Mündigkeit des Volkes

anerkannt; — der Gedanke der politischen Einigung Deutschlands, in so mancher geschichtlichen Phase wiederholt angeregt, ist uns durch das Frankfurter-Parlament und zuletzt durch den Kampf um Schleswig-Holstein neuerdings näher gerückt und sieht seiner Verwirklichung entgegen.

Soll es dem Dichter, der die großen Ereignisse unserer Tage mit erlebte, nicht vergönnt sein, einen Rückblick auf die Vergangenheit zu werfen, in welcher bereits der Keim zu all' den Ideen lag, die nach so vielen Widersprüchen und Kämpfen nun endlich, wir hoffen's, glänzend und siegreich in's Leben treten werden? Sollen die Breter, die die Welt bedeuten und nicht blos den demi-monde und die schlüpfrig-socialen Konflikte von den Ufern der Seine, — sollten die Breter der deutschen Bühne sich dem Versuche verweigern wollen, in einem vaterländischen Stoffe die Gedanken und Hoffnungen, von denen jetzt alle Welt bewegt ist, im Bilde dramatisch abzuspiegeln?

Der Verfasser der „Bauern vor Weinsberg" will sich natürlich nicht anmaßen, das Ganze des Bauernkrieges in dramatisches Fleisch und Blut umzuwandeln; den gegebenen Verhältnissen, so wie seinem bescheidenen Talente gemäß, hat er sich kein so hohes Ziel stecken dürfen, sondern sich damit begnügen müssen, eine Episode aus dem großen Ganzen zu wählen und den Prozeß der freiheitlichen Ideen an einer Art von der Geschichte gegebenen Bauernhelden, der im Grunde das Volk selber ist, zu entwickeln und so den Kampf mit der Gegenpartei wie auch den vorläufigen, aber nothwendigen Untergang des noch nicht zur Reife gelangten Freiheitsgedankens dramatisch und theatralisch anschaulich zu machen. Ich schildere ein rohes und unwissendes Volk, unterdrückt und geknechtet, welches in seinem unklaren, wilden Freiheitsdrang zu den furchtbarsten Mitteln greift, um sich seiner Fesseln zu entledigen, — welches, gleich dem schwellenden Waldbach im Frühling, Bäume und Felsstücke wie friedliche Hütten mit sich reißt, Verwüstung, Graus und Entsetzen über lachende Fluren verbreitend; ich schildere seine Herren und Gegner, die, stark und mächtig, in verbrieftem, durch die Jahrhunderte geheiligten Besitz ihrer Güter und Rechte, ohne Ahnung des Menschenrechtes, das sich in der Brust der Hörigen und Leibeigenen regt, in dem wilden Troß nur die Empörer erblicken, die es nieder zu schmettern, zu vertilgen, zu vernichten gilt, ohne auch nur ihre Klagen zu hören, ihre Leiden zu begreifen, ja bei dem Stande der Zeitbildung auch ohne die geistige Fähigkeit, selbst die gerechtesten Forderungen des rebellirenden Gegners anzuerkennen. Rohheit, Wildheit und Rachsucht treibt und hetzt die Einen wie die Anderen, beide Parteien handeln ihrem Glauben, ihren Gewohnheiten, ihrer Natur gemäß — Beiden fehlt die Kultur zur Freiheit.

Das Publikum, welchem ich mein historisches Schauspiel vorführe, hat diesen Weg der Kultur längst betreten; es wird in dem Kampfe der Vorzeit um hohe Güter, die inzwischen erreicht sind, nicht mehr erblicken, als der Autor geben wollte: ein Bild aus echt deutschem Leben, aus einer Zeit, die zuerst den Weg zur Freiheit, der nun klar und eben vor uns liegt, im wilden Gestrüppe irrend suchte und als unser Vorkämpfer in der grausen, lichtarmen Wildniß trostlos verkam und unterging. — Daß wir inzwischen die richtigen Pfade eingeschlagen, liegt am Tage! Die Herren von Einst, sowie die Knechte von Ehemals haben sich gegenseitig erst wahrhaft selbst befreit; sie sitzen gemeinsam berathend und beschließend in den Landtagen, im Reichsrath — und auch das Schauspielhaus wird sie hoffentlich vereinigen, um in den „Bauern vor Weinsberg" ihre alten, längst ausgeglichenen Kämpfe, den vergessenen Groll im Bilde ernst und sinnig zu betrachten, der früheren Irrthümer gegenseitig milde gedenkend, des Neuen, reich Errungenen heiter sich erfreuend. — „Der sicherste Weg zur Freiheit ist die Kultur der Freiheit."

Wien, im Juli 1864.

Bauernfeld.

Personen.

Der Pfalzgraf.
Der Landgraf von Hessen.
Georg Truchseß von Waldburg, Feldhauptmann des schwäbischen Bundes.
Graf Helfenstein, Vogt von Weinsberg,
Dietrich von Weiler, } Offiziere des Truchseß.
Marschall von Habern,
Margarete, Gräfin Helfenstein.
Ihr Söhnlein.
Jakob Rohrbach, Schankwirth zu Böckingen bei Heilbronn.
Joß Fritz, } seine Gesellen.
Hans Flux,
Die schwarze Hofmann.
Rosel, ihre Muhme.
Melchior Nonnenmacher, der Pfeifer von Isling.
Doktor Wendelin Hipler.
Jörg Metzler aus Ballenberg, Bauernhauptmann.
Bürgermeister
Schultheiß
Rath } von Weinsberg.
Erster Bürger
Zweiter Bürger
Bürgersfrau
Kaspar, } Bauern von Böckingen.
Veit,
Der Büttel von Heilbronn.
Wolf, Diener des Grafen Helfenstein.

Ritter. Landsknechte. Rathsherrn. Bürger. Bauern.

Die Handlung spielt in Würtemberg im Jahre 1525.

Erster Act.

(Gewölbtes Gemach auf dem Schloß, die „Weibertreu" bei Weinsberg. Seitwärts eine gewundene Steintreppe, die nach dem Thurm führt. Im Hintergrund ein offener Ausgang.)

Erste Scene.

Bürgermeister von Weinsberg, Schultheiß und ein paar Räthe (sind auf der Bühne).

Bürgermeister.
Der Graf läßt lange warten —

Schultheiß.
Das thut vornehm!

Ein Rath.
Beschützt uns doch der Ritter vor den Bauern,
Die uns're Stadt bedroh'n!

Schultheiß.
Die schmutz'gen Jacken!
Und so Gesindel will den Herrn jetzt spielen —

Rath.
Der nied're Bürger auch, Herr Syndicus!
Das Handwerk ist uns Räthen nicht gewogen.

Schultheiß (immer tadelnd und nergelnd).
Wem sagt Ihr das? Sprech' Einem ich sein Urtheil,
Er raisonnirt und will die Gründe wissen!
Doch wir doctores geben keine Gründe —

Rath.
Die Welt ist eine and're, kein Respekt mehr!

Schultheiß (eifernd).
Das macht, die Lehre Luthers hat den Leuten
Den dummen Kopf verdreht, die Prädikanten,

Flugschriften, all' das Zeugs, die Bibel selber!
Was braucht das Volk den Urtext deutsch zu lesen?
Da wird gegrübelt, seht Ihr, wird gedeutelt —

Rath.
Ja, und von Freiheit predigt man, von Gleichheit!
Darum zerstören sie das Eigenthum,
Verbrennen Stiftsbrief, Zins- und Gilt-Buch, plündern
Die Herrensitze aus, die fetten Klöster —

Schultheiß (wie oben).
Verachten corpus juris und Pandekten,
Und wollen deutschen Spruch und deutsches Recht!
Unsinn! Das deutsche Recht war immer römisch —

Bürgermeister.
Da kommt der edle Graf —

Schultheiß.
Wird der uns helfen?
Ich mein', wir sind kaput —

Bürgermeister.
Zähmt Eure Zunge,
Mein lieber Schultheiß!

Zweite Scene.
Vorige. Graf Helfenstein. Dietrich Weiler.

Graf (über die Treppe).
Nun, Ihr Herrn, da bin ich!
Was macht die Stadt? Wie steht's mit Eurem Weinsberg?

Bürgermeister.
Ich meine, nicht zum Besten, gnäd'ger Herr,
Denn rings das weite Land ist in Bewegung —

Graf.
Es heißt, daß sich ein Rummel vorbereitet?

Bürgermeister.
Man hetzt das Volk seit lange auf — 's ist klar,
Daß ein geheimer Bund durch's ganze Deutschland
Die Unzufried'nen allerwärts vereinigt;
Und in den Thälern rührt sich's, in den Wäldern,
Der Bauer geht bewaffnet, droht gefährlich,

Will länger nicht leibeigen sein und hörig,
Der kleine Bürger hält zu ihm im Stillen,
In Schenken halten sie Verbrüderung,
Da ist ein Wirth bei Böcking, außer Heilbronn —
(Wendet sich zum Schultheiß.)

Schultheiß (tritt vor.)

Ein sich'rer Jakob Rohrbach, alias Jäckeln,
Und sein Kumpan ist ein versoff'ner Pfeifer!
Herr Graf, ein Gurgelschneider wie kein zweiter —

Bürgermeister.

Dort sammeln sich die Führer und die Häupter —

Graf.

Was greifen die Heilbronner sie nicht auf?

Bürgermeister.

Ohnmächtig ist die Stadt wie unser Weinsberg,
Kann nicht dem Bauernwesen Einhalt thun!

Graf.

Dem Ding, Ihr Herrn, soll bald ein Ende werden!
Ich bin zum Vogt bestellt und Kommandanten,
Das alte Welfenschloß, die "Weibertreu,"
Als Stützpunkt militärisch zu besetzen,
Und werde auch mich zu vertheid'gen wissen.
Wir sind nur eine Handvoll Herrn und Knechte,
Und schließen hier uns ein — die Stadt zu halten
Ist Eure Sach' — doch seid nur guten Muths!
Der Truchseß ist ernannt zum Oberfeldherrn
Des schwäb'schen Bund's, mit Vollmacht ausgerüstet,
Ein strenger Mann und ein Soldat wie keiner!
Er wird den Aufruhr flugs im Keim ersticken,
Auch bald uns Hilfe senden und Entsatz,
Marschall von Habern ist schon auf dem Wege —

Bürgermeister.

Doch wenn indeß ein Bauernheer sich sammelt?

Dietrich (brummt in den Bart).

Nun ja! Sie werden Euch lebendig fressen —

Schultheiß (heimlich zu den Räthen).

Der Eisenfresser wird's zuletzt nicht hindern!

Graf.

Sie dächten d'ran, die Stadt Euch zu belagern?

Bürgermeister.

Man hört die Drohung längst! Bis an die Thore
Drängt sich so manche kecke Schaar und spottet
Der niedern Mauern und der Bürgerwehr!

Graf (nachdenklich).

Weinsberg kann sich nicht halten, Bürgermeister?

Bürgermeister.

Bei einem ernsten Angriff ganz unmöglich!
Die Bürgerschaft zeigt wenig Kampflust, würde
Am liebsten mit dem Feinde sich vertragen —

Graf.

Was meinst du, Dietrich?

Dietrich.

Meine Meinung kennst du!
Mit Bauern darf ein Ritter nicht paktiren.

Schultheiß (heimlich zu den Räthen).

Dumm! Wenn's so Viele sind! Est discernendum —

Graf (zu Dietrich).

Den Thurm zu halten gilt's, das ist die Hauptsach'!

(Zum Bürgermeister.)

Thut mit der Stadt nach Wissen und Gewissen,
Nicht schützen könnt' ich sie mit bestem Willen,
Und eh' man sie belagert und beschädigt,
Vertragt Euch mit dem Feind — ich geb' Euch Vollmacht! —
Nehmt auch mein Weib nach Weinsberg, Bürgermeister,
Und sorgt für sie. Doch sagt der Gräfin nichts,
Wie eigentlich die Sach' hier steht. — Ich ruf' sie! (Nach der Seite.)
Marg'ret! Marg'ret!

Dritte Szene.

Vorige. Gräfin Margarete (aus einer Seitenthür).

Margarete.

Mein Herr und mein Gemal —

Graf.

Wo ist das Kind?

Margarete.
Das Knäblein schläft —

Graf.
So hol's!
Du sollst mit ihm und diesen Herrn nach Weinsberg.

Bürgermeister (weist nach dem Hintergrund).
Durch den verborg'nen Gang, der nach der Stadt führt —

Margarete (zum Grafen).
Ihr geht nicht mit?

Graf.
Ich bleib auf „Weibertreu",
Doch kehr' ich bald zu meinem treuen Weibe —

Margarete.
Ihr bleibt im Thurm?

Graf.
Mit meinen Rittern, Liebchen!
Hier oben müssen wir uns halten — müssen — —
Du bist mein Leutenant, erklär' ihr's, Dietrich!
(Entfernt sich von ihr.)

Dietrich (nähert sich der Gräfin).
Ein Bauern-Rummel, Gräfin, weiter nichts!
Kein Krieg, nur eine Hetzjagd! diese Bauern!
Roßmucken sind's, die um den Reiter schwärmen,
Und die er mit der Gerte von sich abwehrt!
Im freien Felde jagten wir sie schockweis —

Margarete.
Doch wenn man hier Euch einschließt und belagert?

Dietrich.
Nicht besser wünschen wir's! Nur zu! Dann gibt's
Ein Kugelwechseln mit den groben Bauern!

Margarete (entschlossen).
So wechselt nur! Ich bleibe hier —

Graf (stampft mit dem Fuße).
Margrete!
Du gehst! Ich will's —

Margarete (betroffen).

So rauh sah ich Euch nie —

Graf (mäßiger).

Und ich dich nie so widerspänstig, Frau! —
Den Knaben! Schnell, macht fort —
(Margarete winkt nach dem Seitengemach, eine Zofe kommt, den schlafenden Knaben auf den Armen.)

Gebt mir das Kind!

Margarete.

Ihr weckt es mir nicht auf?

Graf (sanft).

Gewiß nicht, Mutter!
(Nimmt das Kind in den Arm, betrachtet es.)

Margarete.

Du bist bewegt —   (Pause.)

Graf.

Wer sieht die Unschuld schlummern,
Im Schlafe lächeln, während rings die Welt
In Flammen steht — und bliebe ungerührt?
Ich bin Soldat — doch auch ein Mensch — ein Vater!
(Küßt den Knaben, wobei er ihn verstohlen segnet.)
Nimm deinen Knaben wieder, Margarete! —
Und so — lebt wohl, auf fröhlich Wiedersehn!

Margarete (zum Bürgermeister).

Kommt denn! Ich folge Euch —

Graf (mit offenen Armen).

Margrete!

Margarete (stürzt in seine Arme).

Ludwig!

Graf (macht sich sanft los).

Das Kind erwacht — geht, geht!

Margarete (zum Bürgermeister).

Da bin ich, Herr —
(Geht langsam, hält inne, tritt zum Grafen.)

Du siehst,
Ich bin gehorsam, wie's dem Weibe ziemt,
Obwohl ich eine Kaisertochter, Graf —

Denn eines großen Vaters durft' das Fräulein
Von Edelsheim sich rühmen, eines tapfern,
Des ritterlichen Max — und seines Blutes
Regt sich's in mir! — Ludwig, ich will, ich muß,
Ich werd' dich wiederseh'n — und wär's im Sterben!
(Ab mit dem Kinde, vom Bürgermeister begleitet, durch den offenen Gang im Hintergrund.)

Rath (im Abgehen zum Schultheiß).
Mich rührt die Frau —

Schultheiß (trocken).
Mich auch! Doch ist mir selber
Das Hemde näher, als der Rock! Kommt also!
Laßt diese Eisenfresser Kugeln schlucken —
Mein Magen ist zu schwach für solche Speise! (Ab mit den Räthen).

Vierte Scene.

Graf. Dietrich.

Dietrich (lacht).
Nun, die Perrücken da, die Dintenfässer,
Sie machen rasch sich aus dem Staub! — Du sprichst nicht?

Graf.
Ich segne meinen Knaben im Gedanken! —
Sei froh, du hast kein Weib!

Dietrich.
Ich wollt', ich hätt' ein's!
Denn wenn die dummen Bauern mich erschlagen,
Weint mir kein Auge nach!

Graf.
Und keine Witwe,
Und keine Waisen bleiben dir zurück!

Dietrich.
Ist's nöthig, daß wir uns noch rühren, Bruder?

Graf.
Des Herzens letzte warme Regung war's!
Nun bin ich wieder Mann.

Dietrich.
Wenn's nur bald los ging!
Unheimlich ist die Ruhe, das Gewölbe
Unlustig, kalt! (Setzt sich auf eine Brüstung.)

Das Leben, Bruder, ist doch
Ein wahres Gaukelspiel! Wie Freud' und Schmerz
Dicht bei einander steh'n, Hochzeit, Begräbniß!
Und wie die Bilder wechselnd sich verschieben!
Und bald taucht Eines auf und bald das and're,
Man weiß nicht wie — so mahnt's mich jetzt, vielleicht
Vor unserm Todesgang, an alte Zeiten,
An manchen lust'gen Tag, an Tanz und Spiel,
An alle hübschen Dirnen, die ich küßte — (steht auf).
Auch du, Herr Bruder, als du Junggeselle,
Nicht besser warst als ich! Weißt du's? Wie damals,
Bei unserm fröhlichen Bankett in Isling —

     Graf (unangenehm berührt).
Wie kommst du d'rauf?

     Dietrich.
    Ich seh' uns schmausen, zechen,
Und hör' uns lachen, schäkern mit den Mädchen,
Und jener heis're, lahme Zinkenbläser,
Das Scheusal steht leibhaftig mir vor Augen!

     Graf.
Du weckst mir eine andere Gestalt —

     Dietrich.
Die hübsche Hörige! Das Bauernkind?

     Graf.
Ein schweres Unrecht drückt mich um das Mädchen —

     Dietrich.
Warum? du warst der Herr, und sie leib-eigen!
Dein Eigenthum! du warst in deinem Recht.
Zinshühner gibt's — so auch Zinsküsse, denk' ich!
Jus primae noctis nennen's die Gelehrten.

     Graf.
Ein altes Recht wird oft ein neues Unrecht!
Unschuldig war das Mädchen. —

     Dietrich.
      Die? Ich glaub's nicht!
Ein leichtes Ding und einer Hexe Tochter!

     Graf.
Auch eine Mutter! So —

Dietrich.

Ja, Hexenmutter!

Graf (mit sich beschäftigt).

Sie kam auf's Schloß und bat um den Consens —

Dietrich.

Zur Heirat mit 'nem Bauernlümmel, weiß ja! —
Und da bekam sie ihn?

Graf.

Um welchen Preis!

Dietrich.

Hast sie ja auch beschenkt! Längst ist's ein Weib jetzt —
Ein Bauernweib! Das Volk ist nicht so heiklig —

Graf.

Meinst du? — Doch fällt's mir auf die Seele schwer —

Dietrich.

S'ist meine Schuld! Was mahnt' ich dich? Doch laß' nur!
Und daß die Gräfin nichts davon erfahre —

Fünfte Szene.

Vorige. Wolf
(gerüstet über die Steintreppe).

Dietrich.

Da kommt dein Wolf! — Geht's los?

Wolf.

Herr Graf, ein Bauernhaufen!
Sie traten mit dem Bundschuh auf der Stange,
Dem Zeichen der Empörung, vor die Veste,
Und drohten uns und sangen Schelmenlieder!

Dietrich.

Die Tölpel! Was?

Graf.

Ich will sie gleich bedeuten — (Ab nach dem Thurm.)

Dietrich.

Bedeute du! — Sie weisen uns den Bundschuh?
Das nenn' ich frech! — Doch wart, das kommt euch heim! —
Hast du die Büchs' zur Hand? Gib her, mein Wölflein!

Wolf.

Was habt Ihr vor?

Dietrich.

Nichts! Spatzen schießen. Komm' nur! Roßmucken sind's! Die scheucht man mit dem Wedel. (Beide ab.)

Sechste Scene.

Verwandlung.

Platz vor Jakob Rohrbach's Schenke in Böckingen bei Heilbronn. Im Hintergrund Hügel, Wald und Gebirg.

Rosel kommt aus dem Hintergrunde, richtet Tische und Bänke, hält dann inne, den Blick nach dem Wald gerichtet. Die schwarze Hofmann tritt aus der Schenke, dem Schauspieler rechts im Vordergrunde. Später Wendel Hipler.

Schwarze Hofmann (nach der Pause).

Was stehst du da und gaffst? Marsch an die Arbeit! Soll ich dir Beine machen?

Rosel (nähert sich langsam).

Muhm', die Sonn'
Geht unter fast —

Schwarze Hofmann.

Schiert's dich?

Rosel.

Ich dacht', der Herr käm'! (Weist hinaus.)
Der Wald ist wüst und finster, selbst am Mittag —

Schwarze Hofmann (zuckt die Achseln).

Die Dirn' ist albern! Sorgt sich um den Jäcklein!
Da kommt ein Gast! Mach' flink'! Bedien' den Herrn!

Hipler (aus dem Hintergrunde eintretend).

Ein kleines Nößel, Kellnerin, ich bitte —

Schwarze Hofmann (betrachtet ihn von fern).

Ein Fremder! Ist das nicht —? Der käm' gerufen! (Nähert sich.)
Schön guten Abend, Herr!

Hipler.

Gleichfalls, Frau Wirthin! (Will sich setzen.)

Schwarze Hofmann.

Nicht doch! Das ist die Bauernseit'! — He, Rosel!
Hieher den Wein, auf's Herrenplätzchen —

Hipler.
Bitte — (Tritt zögernd vor.)

Schwarze Hofmann.
Das Tischlein abgewischt und reines Linnen!

Hipler.
Viel zu besorgt um so geringen Gast —

Schwarze Hofmann.
So, nun ist's gut! Geh' fort.
(Sie tritt zu Hipler, der sich in eine Ecke gesetzt hat, während Rosel sich zum Spinnrad setzt, bisweilen nach dem Walde blickt.)

Der Herr kommt weit her?
Was Neues in der Welt?

Hipler.
Nichts von Bedeutung — (Schlürft seinen Wein bedächtig.)

Schwarze Hofmann.
Wir im Gebirg' erfahren nichts!
(Tritt näher, wie vertraulich, lehnt sich an den Tisch.)

Ist's wahr denn —
Das Gräflein ist ernannt zum Vogt in Weinsberg?

Hipler.
Graf Helfenstein? Nun, wenn Ihr's wißt — —

Ihr kennt ihn?

Schwarze Hofmann.
Vom Seh'n! — Er ist der Bannerherr auf Jsling —
Im Dorf dabei hatt' früher ich gehaust —

Hipler.
Nun zog der Herr mit Frau und Kind nach Weinsberg —

Schwarze Hofmann (richtet sich auf).
Mit Frau und Kind —. (Entfernt sich von ihm.)

Hipler.
Man hält sich zu den Seinen
Bei den unruh'gen Zeiten jetzt — (Schlürft wieder.)

Schwarze Hofmann (mit verhaltenem Grimm).
Unruhig?
Zu lang war's ruhig, Herr! Zu lang —

Hipler (blinzelt mit dem Auge).

Warum?

(Wie harmlos.)
Man kann nie g'nug der Ruhe haben —

Schwarze Hofmann.

Das ist,
Nachdem man's nimmt!

Hipler.

Ich nehm' das eben wörtlich!
Ich bin ein Mann des Friedens, liebe Frau,
Und wünschte, daß sich alle Welt vertrüge.
(Rückt bei Seite.)

Schwarze Hofmann (für sich, fixirt ihn).
Du trau'st mir nicht? Weiß man, ob dir zu trau'n ist?

Siebente Scene.

Vorige. Kaspar, Veit, mit ihren Dirnen, und andere Bauern.

Kaspar.

Kommt nur! Der Jäcklein hat uns her bestellt —
Da ist die Hofmann! Guten Abend, Mutter!

Schwarze Hofmann.

Ihr macht ja zeitig Feierabend, Leute!

Kaspar.

Das Osterfest, Ihr wißt, steht vor der Thür!
(Pfiffig, mit den Augen blinzelnd.)
In wenig Tagen schreibt man Jubica —
Da nimmt man die paar Stunden sich voraus! —
Wein, Rasel, Wein! Vom besten! Ich zahl' Alles —
(Setzt sich auf eine der Bänke, wie die übrigen Bauern. Rosel geht ab und zu, setzt sich zeitweise zum Spinnrad.)

Veit.

Der Kaspar ist splendid!

Kaspar.

Ich weiß warum! — (Steht auf.)
Hoch unser Wirth in Böckingen, der Jäcklein!
Die schwarze Hofmann hoch! Hoch, sag' ich —

Die Bauern.

Hoch!

Kaspar.

So! Jetzt is g'nug! (Setzt sich.) Komm, Bärbel, sitz' zu mir,
Und wer was Neues weiß, der mag's erzählen —

Schwarze Hofmann
(tritt langsam zu Hipler).

Der Lärmen wir Euch stören, Herr —

Hipler
(steckt rasch Papiere ein, in denen er etwas notirte).

Nicht doch —

Schwarze Hofmann.

Ich meine, wenn Ihr schreibt!

Hipler.

Sind nur Notizen — (Steht auf.)

Schwarze Hofmann.

Ich denke nur, ein feiner Herr, wie Ihr,
Gefällt sich nicht mit unsern plumpen Bauern!

Hipler.

Im Gegentheil, ich liebe, mir das Leben
Des Volkes zu betrachten, zu studiren —

Kaspar (schlägt auf den Tisch).

Wein, Rosel! Frischen Wein!

Schwarze Hofmann.

Schrei' nicht so, Kaspar!

Hipler.

Der Wirth ist nicht daheim, Herr Jakob Rohrbach?

Schwarze Hofmann.

Er ist zum Rath nach Heilbronn, in Geschäften;
Doch wenn Ihr mir vertrauen wollt, die Hofmann
Bin ich, soll' seine Schwiegermutter werden —
Die Bauern nennen mich die schwarze Hofmann,
Und trau'n mir Zauberkünste zu! — Doch sagt —
Mir ist, als kennt' ich Euch!

Hipler ((wie erschrocken).

Mich?

Schwarze Hofmann (fixirt ihn).

Ja, ich sah Euch

In Frankfurt auf der Messe — seid Ihr nicht
Der hohenloh'sche Kanzler Wendel Hipler?

Hipler.

Still, still! Um Gott! Nennt meinen Namen nicht —

Schwarze Hofmann.

Ihr habt Euch seiner nicht zu schämen, denk' ich,
Denn guten Klang hat er beim niedern Volk!

Hipler (tritt näher).

Ihr scheint mir eine kluge Frau, d'rum solltet
Ihr wissen, daß das Klingen meist vom Uebel!
Das Hohle klingt, das Leichte fliegt und flattert,
Doch das Gedieg'ne hält sich gerne ruhig —
Und doppelt thätig schafft sich's im Geheimen!

Schwarze Hofmann (begierig).

Geheim! Ihr seid vom Bund?

Hipler.

Schweigt doch! Man spricht
Nicht gern davon! — Herr Jäcklein kommt wohl bald?

Schwarze Hofmann.

Ich denk', Herr Kanzler!

Hipler.

Nennt mich lieber: Doktor!
Der Titel ist bequem und unverfänglich —

(Musik von außen.)

Kaspar.

Holla! Da klingt's —

Veit.

Der Pfeifer ist's von Isling!
Ich kenne seine Zink' an dem Geschnarre!

Kaspar (steht auf, blickt hinaus).

Er ist's! (ruft hinaus). He, Musikanten, kommt herbei!

(Zu den Bauern.)

Aufspielen sollen sie uns Eins! — Woll'n auch
Die Bein' ein bißel rühren! Hanne, gelt?

Schwarze Hofmann (nähert sich).

He, Leut'! Musik am Freitag ist verboten —

Kaspar (lacht).
Frau Mutter, foppt sie uns? (Ruft hinaus.)
Wird's, Musikanten?
Holla! Ein Tänzel!
(Alle springen auf.)
Hipler (zur Hofmann).
Man parirt Euch nicht!
Schwarze Hofmann (achselzuckend).
Wer zähmt das Volk?
Hipler.
Wollt Ihr's denn zahm, Frau Hofmann?

Achte Scene.

Vorige. Melchior Nonnenmacher und noch ein paar Musikanten, alle drei zerlumpt, kommen über einen der Hügel.

Kaspar.
Nun, Melchior, was hörst du auf zu blasen?
Ist deine Zinke heiser wie du selber?

Nonnenmacher (mit rauher Stimme).
Ich blas' dir's auf, wenn du's bezahlen kannst —

Kaspar.
Du hast wohl manchem Herrn umsonst geblasen,
Er schlug dir noch den Buckel blau dazu!
(Wirft ihm Geld zu.)
Da nimm, du Hund! Du wirst es doch versaufen.

Nonnenmacher.
Wir spielen einen Steirertanz Euch auf!
Wir lernten's von den böhm'schen Musikanten,
Das Volk streift überall, kam aus Leoben!
Doch erst ein Schluck, die Kehle uns zu schmieren —

Kaspar.
Da, sauf'!

Nonnenmacher.
Vergelt's Gott!
(Trinkt, nähert sich.)
Ihr erlaubt, Frau Hofmann?

(Zu seinen Kameraden.)
Frisch, Leut', und tretet vor! Da hört man's besser —
(Zu den Bauern.)
Wenn Ihr ein G'stanzel wißt, so singt dazu!

Kaspar.
Ich weiß wohl Eins! — Spiel' auf zu meinem Lied,
Und dann ein Tusch!

Nonnenmacher.
Paß' auf! So geht die Weis' —
(Sie musiciren eine kurze Weise, halten dann inne.)

Kaspar (mit einer Dirne, die er herumschwenkt, singt).
Ich tanz' mit dem Mädel, dem Mädel so gern —
Und bald gibt's ein'n Tanz mit unsern gnädigen Herrn!
(Musik macht einen Tusch, die Bauern jubeln.)

Schwarze Hofmann (zu Hipler).
Ein munt'res Volk, Herr Doktor!

Hipler (reibt die Hände).
Recht gemüthlich!

Neunte Scene.
Vorige. Der Büttel von Heilbronn.

Bauern.
Juchhe! Juchhe!

Büttel (drängt sich vor).
Still mit dem Lärm, Ihr Bauern!

Veit.
Der Büttel, seht, von Heilbronn! (Macht ihm Platz.)

Kaspar (wie verächtlich).
Potz! (Tritt vor.)
Rieft Ihr
Uns an?

Büttel (grob).
Wen sonst? Heut ist ein Werkeltag,
Und wird da musicirt, gehopst? (Zur schwarzen Hofmann.)
Wo habt
Ihr die Licenz?

Schwarze Hofmann.

Verzeiht, der Jäcklein holt sie
Von Heilbronn just —

Büttel.

Holt sie, holt sie? Woll'n seh'n,
Was der sich holt! — Marsch fort nach Haus, Ihr Leut'!
Ihr wißt, Musik am Werktag — — Helf' mir Gott!
Der krumme Melchior da, der Nonnenmacher?
Schlichst gerne dich davon, zerfetzter Lump,
Saufaus? Nun wart — (Nimmt ihn beim Kragen.)

Nonnenmacher.

Herr Büttel, laßt mich frei —

Kaspar.

Gebt los den schäb'gen Musikant! Wir bürgen
Für ihn —

Büttel (hält Nonnenmacher, wie verächtlich).

Ihr bürgt? Wer aber bürgt für Euch? —
Nichts da! Der Thunichtgut muß mir ins Loch!
(Schüttelt Nonnenmacher.)
Ich will dich lehren, gen's Gesetz verstoßen —
(Will ihn fortschleppen.)

Kaspar (der sich inzwischen mit den Bauern besprochen)

Hört! Das Gesetz ist Eins und hier sind Viele!
(Stellt sich drohend vor ihn.)
Ich sag', gebt los!

Büttel.

Du drohst? Ich kenn' dich, Kaspar!
Und du sollst mir den Kotter kennen lernen!

Kaspar (heftig).

Den Kotter und den Büttel kenn' ich längst!
(Geht auf den Büttel los.)
Du aber sollst —

Büttel (hält noch immer Nonnenmacher, mit der andern Hand den Amtsstock, den er
Kaspar entgegen hält).

Bauer! Du wagst es —?

Schwarze Hofmann (tritt dazwischen).

Kaspar!
(Mit Bedeutung.)
Noch ist nicht Sonntag Judica, Ihr Leut'!

(Zum Büttel, wie erklärend.)
Wo nach der **Kirch' Musik** erlaubt ist. mein' ich —
(Bewegung des Einverständnisses unter den Bauern.)

Veit (leise zu Kaspar).
Da soll's ja losgeh'n, gelt?

Kaspar (zum Büttel).
Packt nur den Krüppel!
Zum nächsten Sonntag wird er frei von selber!

Büttel (verwundert).
Da wird er frei?

Rosel (die nach dem Wald gesehen, tritt rasch vor).
Der Jäcklein!

Kaspar.
Wo?

Rosel.
Sein Pfiff!
Er kommt den Waldweg dort —

Veit.
Sein Pfiff?

Rosel.
Ich kenn' ihn! —
Schon wieder! Hört!

Kaspar (horcht auf).
Wo bleibt der Ruf?

Jäcklein (von außen).
Juchhu!

Kaspar.
Juchhu! Er ist's!

Bauern.
Juchhu!
(Drängen sich nach dem Hintergrund, eilen nach dem Hügel.)

Nonnenmacher.
Juchhu —
(Reißt sich los, läuft den Bauern nach.)

Büttel (verblüfft, sieht ihm nach).
Juchhu!

Hipler (der sich zurückgezogen, händereibend, für sich).
Die Sache hier scheint reif, wie anderwärts —

Zehnte Scene.

(Vorige. Jäcklein. Joß Fritz. Hans Flux über die Hügel auftretend.)

Jäcklein.

Juchhu! Juchhu!

Bauern (ihm entgegen).

Juchhu!

Jäcklein (kommt herein).

Glück auf, Gesellen! (Kommt nach vorn.)
Was hat der Büttel da zu schaffen, Bursche?

Büttel.

Wie darfst du Freitags musiciren lassen?

Jäcklein.

Macht Ihr ein Tänzel mit? Bin auch dabei!
Komm', kleine Rosel! Melchior, spiel' auf!

Büttel.

Ist dir so lustig? Hast du die Licenz?

Jäcklein.

Wie nicht? (Zu seinen Begleitern.)
Habt Ihr den Wisch?

Joß Fritz.

Hier Brief —

Hans Flux.

Und Siegel —

Joß.

Des hohen —

Hans.

Weisen —

Joß.

Rathes —

Hans.

Des von Heilbronn!

Büttel (liest, dann verwundert).

Wie haben dir's die Herren so rasch gewährt?

Jäcklein.

Ja, wo der Jäcklein bittet, seine Treuen,
Joß Fritz, Hans Flux — und noch ein Dutzend And're —
Da ist kein Widersteh'n! — Doch bald wird's Nacht
Und Euer Weg ist weit — b'rum Gott befohlen!
(Wendet sich zu den Bauern.)

Büttel (im Abgehen).

Das sind, ich seh's, geheime Lutheraner —
Nun, Sonntags komm' ich mit den Stöckelknechten! (Ab.)

Eilfte Scene.

Jäcklein. Die schwarze Hofmann. Hipler. Rosel.
Die Bauern.

Jäcklein.

Nichts Neues, Leut'?

Schwarze Hofmann.

Doch, doch! Ein Fremder, Jäcklein —
(Weist auf Hipler.)

Jäcklein (wendet sich rasch).

Herr Wendel —

Hipler (legt den Finger an den Mund).

Still!

Jäcklein (zu den Bauern).

Hinaus und auf die Wies'!
Dort liegt ein großes Stückfaß, bohrt es an,
Langt auch die Würst', die Schinken Euch herunter —
Dann schmaust und zecht und jubelt nur die Nacht durch
Und bis zum hellen Morgen! Und so soll's
Von heut an, Leut', in alle Zukunft geh'n!

Bauern.

Juchhu! Juchhu! (Tumultuarisch ab.)

Jäcklein (zu Joß und Hans).

Bleibt in der Näh', Ihr Beide!

Als deine —

      Joß.

        Hans.

 Treuen —

       Joß.

     Pudel — und —

       Hans.

          Spione!
(Folgen den Bauern.)

      Rosel (für sich).
Da geht was vor! Der Herr ist heut so eigen — (Ab.)

Zwölfte Scene.

Jäcklein. Hipler. Schwarze Hofmann.

Jäcklein.
Herr Hipler, dieses Weib ist nicht zu viel! —
Herr Kanzler, steckt's? Und kommt der Tag der Zahlung?

Hipler (feierlich).
Die Brüder, Jäcklein Rohrbach, mahnen dich,
Daß du dem Bund gehörst mit Wort und Handschlag —

Jäcklein.
Ihm, wie mir selber, Mann! Was braucht's die Mahnung? —
Geht's los auf Jubica? Das will ich wissen!

Hipler.
Am selben Tag, zur selben Stunde sollt'
In allen deutschen Landen die gerechte
Empörung gegen Leib- und Geistes-Druck
Losbrechen und die Hörigen befrei'n —

Schwarze Hofmann.
Verschlingend all' die Ritter und die Edlen!

Hipler.
Ein weiser Plan, und lange vorbedacht,
Ward von den Wissenden gehegt im Dunkel,
Und an geheimen Fäden leiteten
Den Zündstoff durch das Land die Unsichtbaren,
Um aus der Fern' im rechten Augenblick
Den Zünder anzubrennen — doch das Volk

Ist ungeduldig und verräth sich leicht —
Ich seh' das hier — so ist's auch and'rer Orten
Schon völlig losgebrochen — und zu früh!

    Jäcklein (begierig).
Schon los! Schon los! Und wo?

     Hipler.
      In Ballenberg,
Im Mainzischen. Du kennst Jörg Metzler?

    Jäcklein.
       Ob ich!
Mein bester Kamerad!

     Hipler.
    Ein mäß'ger Mann sonst!
Doch drängten seine Leute, scheint's, ihn vorwärts,
Und mit dem Bundschuh zog er auf der Stange
Noch vor der Zeit — zwar ist sein Thun gelungen,
Denn alle Odenwälder folgten ihm —
So ist er jetzt der erste Bauern-Hauptmann!

    Jäcklein.
Daß er verderb'!

     Hipler.
  Dein bester Kamerad?

    Jäcklein.
Pah! Was ist Ballenberg? Ein Nest! Was Mainz?
Das Mainzische sammt Hohenloh' und Pfalz!
Wir steh'n auf Württemberger-Grund und Boden —
Und wer die Schwaben führt, wird Oberst-Hauptmann!

     Hipler.
Hast du die Schwaben? Bist du ihrer sicher?

    Jäcklein.
Fragt nach in Heilbronn, Weinsberg wie Stuttgart!
Das Volk ist üb'rall unser! — Aber sagt doch,
Was hat denn Euer neuer Bauern-Hauptmann
Großes gethan?

     Hipler.
  Er hat die Schaaren klug,
Kur-Mainzische, Pfalzgräfliche und And're,
In ein verschanztes Lager sich gesammelt —

Sie nennen sich das evangel'sche Heer,
Und täglich strömt aus Nachbarländern Zuzug,
Freiwillig Viele, Manche wohl gezwungen.

     Jäcklein.

Ein Heer? Pfeif' ich durch meine hohle Hand,
Was gilt's, ich stell' Euch doppelt so viel Bursche! —
Der Metzler plötzlich ein so großer Feldherr!
Was sagst du, Hofmann?

    Schwarze Hofmann,
     Jedes Zeit kommt, Jäcklein!

     Hipler.
Du hörst, die Schwiegermutter meint's!

    Jäcklein (sieht die Hofmann an).
      Was? Schwieger?
   Schwarze Hofmann (dumpf).
Ich warb's ja nicht —

    Jäcklein (zuckt die Achsel).
     Ist's meine Schuld?
   Schwarze Hofmann (wie oben).
      Weß sonst?

   Hipler.
Du wolltest frei'n und später reute dich's?

     Jäcklein.
Ei nun, ich hätt' das Mädl gern genommen,
Obwohl sie hörig war und ich ein Freier,
Der Haus und Hof besaß —

   Hipler.
    Was hemmt' dich also?

    Jäcklein (zurückhaltend).
Pfleger und Amt, die den Consens verweigert —

    Schwarze Hofmann.
Das lügst du, Mann! Die Grete bracht' ihn dir —

    Jäcklein (halb für sich).
Vom Schloß, nun ja! Der Junker war so gnädig —

Schwarze Hofmann.
Und da verstieß mein Kind der wilde Jäcklein!
Jäcklein.
Ich halte Grund —
Schwarze Hofmann.
Die Dirne hat sich b'rüber
Zu Tod gegrämt —
Jäcklein.
Sie dauert mich! Ich hatt'
Sie lieb und sie war hübsch und gut — doch sagt,
Hätt' ich mit einem Ritter theilen soll'n?
Schwarze Hofmann.
Verderben über ihn, der ihr Gewalt that!
Sie war so brav —
Jäcklein (gutmüthig, reicht ihr die Hand).
Nun, laß nur, Mutter, laß!
So oder so, wir halten doch zusammen!
Die Bauern stellen dich gar hoch, du weißt,
Und bist du gleich ein trotzig Weib, ich kann dich
Und deine Künste brauchen, deine Sprüche!
Du mußt mit mir, du Hexe, Freundschaft halten —
Schwarze Hofmann.
Er macht mich schlecht — ich bin nur elend, Herr!
Fragt meine Grete, die im Grabe modert —
Hipler.
Geht sie als Geist herum? Wie soll ich fragen?
Schwarze Hofmann.
Sie geht herum — ich seh' sie immer vor mir!
Sie klagt und weint und fleht um Hilf' — um Sühnung!
Mein armes süßes Kind! So lang du lebtest,
Hatt' ich ein Herz wie and're Mutterherzen,
Ich sonnte mich im Lächeln deiner Augen
Und deine Lieb' und Unschuld war mein Glück —
Doch daß ich Mutter war, macht mich zur Wölfin,
Der man die Brut geraubt! In meiner Brust
Lebt ein Gedanke nur — Jäcklein, du weißt! —
Die Geister, geht die Sage, der unschuldig
Gemordeten, sie schweben und sie flattern
Im leeren Aether, bis der Mörder nachkommt —
(Zu Hipler gewendet)

Nun, Herr, die Mutter wird den Geist erlösen,
Kalt und erbarmungslos den Mörder richten —
Dann hat mein liebes Kind erst Ruh' im Grabe,
Dann hat der Rachegeist sein Werk vollbracht! (Ab.)

Dreizehnte Scene.

Jäcklein. Hipler.

Jäcklein (nach der Pause).

Wenn's Hexen gibt, so ist die Hofmann Eine!

Hipler (kopfschüttelnd).

Ich seh' mir da ein wunderlich Verhältniß!

Jäcklein (ablenkend).

Nun, Katz' und Hund leckt wohl aus Einer Schüssel! —
Herr Hipler, bleibt bei mir, in meinem Haus,
Wir wollen unsern großen Plan besprechen,
Und nicht, wie Metzler, vor der Zeit rumoren,
Wenn's aber Zeit ist, auch mit allen Kräften
Ausharren bis zum letzten Tropfen Blutes!

Hipler.

So hör' ich's gern, denn bald gibt's ernsten Krieg! —
Weißt du's? Der Bundschuh rührt sich auch um Weinsberg,
Die Schaaren dort erwarten nur den Führer!

Jäcklein (versteckt).

So! Gilt's die „Weibertreu"? — Dort kommandirt ja
Der Helfenstein! Gut, gut! Wir zieh'n nach Weinsberg! —
Herr, zu was Großem bin ich aufbewahrt —
Ich war ein Bub, da ward's mir prophezeit,
Seitdem hab' ich nicht Rast und Ruh', Herr Hipler! —
Doch daß Ihr seht, ich bin kein Hans der Prahler,
So wollen wir ein wenig Heerschau halten,
Die Leut', auf die ich zählen kann, so weit
Mein Ruf sie hier erreichen mag, herbei
Aus ihren Häusern, aus den Betten rufen —
Denn Nacht wird's und früh geht der Bauer schlafen.
Wenn Ihr die Haufen, die sich etwa zeigen,
Verzehnfacht und verdreißigfacht, so habt Ihr

Noch lange nicht die Hälfte all' des Volks,
Das mir, dem Jäcklein Rohrbach folgt, wenn's Zeit ist!
(Er pfeift in die hohle Hand. Das Theater hat sich inzwischen verdunkelt — zumeist im Vordergrund — von den Bergen fahles Mondlicht.)

Vierzehnte Scene.

Vorige. Rosel. Schwarze Hofmann. Joß. Hans. Später Nonnenmacher. Die Bauern.

Rosel (eilig).
Jäcklein, du riefst?

Jäcklein.
Das galt nicht dir! Fort, Rosel!
(Drängt sie weg.)

Schwarze Hofmann (ebenso).
Was hat die Dirn' sich immer aufzudrängen?

Jäcklein (pfeift wieder).
Nun, wird's?

Joß (tritt auf).
Was gibt's?

Hans.
Da sind wir!

Jäcklein.
Gebt das Zeichen!
(Joß und Hans blasen in kleine Hörnchen, die sie tragen.)

Nonnenmacher (taumelt herein).
Wer blast da? Greift in unser Privilegium?

Kaspar (mit den Bauern auftretend).
Du hast gerufen, Jäcklein? Geht's denn los heut?

Jäcklein.
Noch nicht!

Nonnenmacher.
Gott Lob! Das Stückfaß ist noch halb voll —
(Die Bühne hat sich mit Bauern gefüllt; auch auf den Hügeln eilen eine Menge herbei, deren Einige Kienfackeln tragen, Weiber, Kinder dazwischen, malerische Gruppe.)

Joß.
Da sind die Leut'!

Hans.
Sie horchen, was du kündest!

Jäcklein.
Ihr Leut', ich hab Euch aufgeweckt, das Letzte,
Was noch zu sagen ist, Euch mitzutheilen! —
Dort steht ein wack'rer Mann, Herr Wendel Hipler —

Hipler.
Laßt doch —

Jäcklein.
Ein feiner und geschickter Schreiber,
Wie man im Reich nur Einen finden mag;
Er war der Kanzler sonst in Hohenlohe,
Doch längst, seit Jahren, gab er seinen Dienst auf,
Um nur dem Volk zu dienen, seiner Sache!
(Gemurmel der Zustimmung.)

Kaspar.
Ihr seid ein braver Mann, Herr Wendel!
(Reicht ihm die Hand.)

Veit (ebenso).

Sehr brav!

Hipler (verneigt sich).

Zu gütig, meine Herrn!

Schwarze Hofmann (halblaut).
Nun, freut's Euch nicht,
Daß Euch das nied're Volk so liebt und hochschätzt?

Hipler.
Nur still! Ich bin nicht gerne populär —

Jäcklein.
Das Letzte also, Leut'! Auf Judica
Geht's los, am Tag, den uns der Bund der Brüder
Bestimmt — da sammelt Ihr Euch hier in Böcking,
Bringt Waffen mit und auf drei Tage Nahrung;
Vielleicht auf Heilbronn ziehen wir, auf Weinsberg,
Das Osterlamm, die Kuchen zu genießen,

Vielleicht auch anderwärts, wo immer hin,
Noch weiß ich's nicht — (schlau) das kann der künft'ge Hauptmann
Bestimmen nur, denn Ihr erst wählen müßt.
(Gemurmel.)
Ihr murrt? Was gibt's? Ein Haupt muß sein, ein Führer!
Wollt' Ihr wie eine Heerde Lämmer zieh'n,
Dumm, ohne Plan, daß Euch die Wölfe fressen?

Joß.
Du hast die Leut' nicht recht begriffen, Jäcklein!

Hans.
Den Führer braucht's, und zwar den besten Mann!

Joß.
Und d'rum braucht's keine Wahl, nur einen Namen!
Herr Jäcklein Rohrbach hoch, der Bauern-Hauptmann!

Die Bauern.
Hoch! Dreimal hoch!

Jäcklein.
Ich dank' Euch, lieben Freunde,
Daß Ihr zum Oberst-Hauptmann mich erwählt —

Hipler (zur Hofmann).
Wie fein! Er gibt sich gleich den höher'n Titel!

Jäcklein.
Ich schwör' Euch Treue zu und beste Leitung,
So gut ich es vermag! Die Hand des Bauern
Ist wohl so stark wie eines Ritters, denk' ich,
Und Grütze haben wir im Kopf, trotz ihnen —
Allein die Feinheit fehlt und die Praktiken,
Die sind, wie überall, im Krieg auch nöthig;
D'rum will ich denn von heut' bis übermorgen
Mit einem weisen Manne mich berathen,
Daß wir das Ding am rechten Ende fassen.
Die Fürsten haben ihre Kanzler — soll
Das Volk nicht auch sie haben?
(Gemurmel der Zustimmung.)
Freilich, meint Ihr!
Nun gut! Dort wählt der Fürst, hier der Volks-Hauptmann!
Und so ernenn' ich denn kraft meines Amtes
Den weisen und gelehrten Doktor Hipler
Zu meinem treuen und geheimen Rath.
Hoch Wendel Hipler! Hoch der Bauernkanzler!

          Bauern.
Hoch Wendel Hipler! Hoch der Bauernkanzler!

          Schwarze Hofmann (zu Hipler).
Nun seid Ihr populär —

          Hipler.
               Man muß sich fügen —

               Jäcklein.
Nun, lieben Leut', bereitet Euch zum Zug!
Die Hofmann zieht mit uns, streicht Pflaster, schmiert Euch
Die Wunderſalb' und macht Euch ſtich= und hiebfeſt! (Zuſtimmung.)

          Schwarze Hofmann.
Die Roſel ſoll die Feldküch' Euch beſorgen —

          Roſel (dazwiſchen).
Wie, Muhm'? Ich ſoll in Krieg?

          Jäcklein (ebenſo).
               Schweig', Kind! Das find't ſich! —
Geht jetzt nach Haus und haltet ſtill bis Sonntag!
Dann zieh'n wir aus, das kranke Land zu heilen —
Die Schwären ihm, die Wunden auszubrennen!
Wer ſchlug ſie ihm? die Ritter! Und wer hat
Des Bauern Mark, des Volkes beſte Säfte
Verderbt, in Gift verkehrt? Die Herrn und Ritter!
D'rum ihnen gilt der Kampf und Krieg — und ſo
Als Euer Hauptmann geb' ich Euch die Loſung!
Die ſchwarze Hofmann kennt das Wort und billigt's —
Die Loſung lautet: Jubica und Weinsberg!

          Schwarze Hofmann (tritt vor).
Weinsberg und Jubica, ſo heißt's, und Rache!

          Bauern.
Weinsberg und Jubica! Und Rache, Rache!

          Der Vorhang fällt.

Zweiter Act.

Ein Zelt.

Erste Scene.

Nonnenmacher mit dem Spieß geht auf und ab, nippt bisweilen aus der Strohflasche, die er nebst seiner Zinke umhängen hat. **Hipler** tritt ein.

Nonnenmacher (hält ihm den Spieß entgegen).
Wer da?

Hipler.
Kennst du den Kanzler nicht?

Nonnenmacher (senkt den Spieß).
        Paſſirt!

Hipler.
Du hält'ſt da Wach'?

Nonnenmacher.
   Im Vorgezelt des Hauptmann's!
(Weist nach der Seitenwand.)
Er hat Conseil dort mit der schwarzen Hofmann —

Hipler.
Ist die sein Generalstab?

Nonnenmacher.
   Wißt Ihr schon —?
Heilbronn ist über und wir zieh'n noch heut'
In Weinsberg ein! Ich hoff', wir dürfen's plündern —

Hipler.
Das sind so Eure Wünsche im Geheimen? —
Der Hauptmann wird das nicht erlauben!

Nonnenmacher.
        Dächt' doch!
S'ist ja mein guter Freund, Herr Kanzler —

Hipler.
So?

Nonnenmacher.
Mein Kamerad — das macht mich stolz! Wie treu
Hielt er zu mir! Denn war ich ohne Obdach,
Stand mir die Ofenbank bereit in Böcking;
Im Rotter, wo ich auch recht heimisch war,
Besucht' er mich und steckt' mir Wurst und Brot zu,
Und wenn ich so bei einer Kindstauf' aufblies,
Bei einer Hochzeit oder sonst, wo man
Den armen Musikanten nicht auf's Maul schaut,
Und ich weinselig Nachtens mich nach Haus tappt',
Schwaps in die Gosse fiel und liegen blieb —
Da hob der Freund mich auf, der Bruder Jäcklein!
(Wischt die Augen.)

Hipler.
Du wirst gerührt!

Nonnenmacher.
Man fühlt doch menschlich!

Hipler.
Du!

Nonnenmacher.
Bin ich kein Mensch?

Hipler.
Das steht noch zu beweisen!

Nonnenmacher.
Zwar kein gelehrter Mensch — der Jäcklein auch nicht!

Hipler.
Der Jäcklein ist das Volk in seiner Kraft,
Bisweilen auch in seiner Wildheit, mein' ich;
Du bist des Volkes Schalk und seine Fratze!

Nonnenmacher.
Ich bin das Volk, das immer durstig ist —
Und leer ist diese Flasche bis zur Neige!
Der große Hauptmann soll sie mir auf's Neue
Und mit dem allerfeinsten Fusel füllen!
(Lehnt den Spieß bei Seite.)
Ich lös' mich ab und geh' zum Marketender — (Ab.)

Zweite Scene.

Hipler allein. Dann Jäcklein, schwarze Hofmann.

Hipler (kopfschüttelnd).
Viel schlechtes Element in diesem Volksheer!
(Jäcklein halb bäurisch, halb kriegerisch, etwas phantastisch gekleidet, mit der Streitaxt, und die schwarze Hofmann kommen aus der Seitenwand.)

Hofmann (im Auftreten zu Jäcklein).
Du hältst dein Wort?

Jäcklein.
Ja doch! — Besorg' die Boten
Zur „Weibertreu" —

Hofmann.
Dem Gräflein zum Verderben! (Ab.)

Dritte Scene.

Hipler. Jäcklein.

Hipler.
Nun, Jäcklein, sag'! Es geht ja gut mit Weinsberg?

Jäcklein.
Wir halten heut noch Einzug —

Hipler.
Und die Feste?

Jäcklein.
Wir schoßen Bresch', jetzt ist ein Waffenstillstand,
Die Boten sind hinaus, ich hab' die Ritter,
Wie's ziemt, zur Uebergabe aufgefordert!
Sonst stürmen wir! Der stolze Graf soll seh'n!
Längst hab' ich's diesem Herrlein auf der Nadel'

Hipler.
Ich zweifle nicht an Eurem Muth, Herr Hauptmann —
Doch mit Soldaten, sieh, ist nicht zu spaßen!
Euch fehlt Geschütz und Leute, die's bedienen,
Drum hab' ich Hilfe dir bestellt, Succurs —

Jäcklein.
Was hilft's! Brauch ihrer nicht! Ich sagt's Euch damals —
Zu etwas Großen bin ich aufbewahrt!

Hipler.
Wie das?

Jäcklein (wichtig, wie geheimnißvoll).
Ein weiser Mann, aus den Gestirnen
Las er's heraus, man nennt's ein Horoskop —
Er sah von hellem Glanze mich umflossen,
Schimmernd, in eine Glorie gehüllt.

Hipler.
Potz, was du sagst!

Jäcklein.
Es hieß, das Jahr Eintausend
Fünfhundert fünf und zwanzig macht ein End' —

Hipler.
Wir sind jetzt d'rin! Weil's nur den Anfang macht!

Jäcklein (sinnend).
Der große Mann meint's auch —

Hipler.
Was für ein Großer?

Jäcklein.
In Zwickau der Prophet! Der Thomas Münzer!
Ich hörte seine Predigt und seitdem
Bin ich ein and'rer Mensch!

Hipler.
Wovon denn sprach er?

Jäcklein.
Von Allem, Herr, von Gott und von der Welt,
Und von den Menschen, die sich lieben sollen
Als Brüder nach der Lehre des Apostels,
Und von der Freiheit, von der Menschen-Gleichheit —

Hipler.
Wie meint' er das? Der Münzer ist ein Schwärmer!
Vor Gott sind freilich alle Menschen gleich —

Jäcklein.
So ist's auch, Herr, so soll's! So muß es werden!

3

(Gläubig.)
D'rum hab' Ein Mensch voraus nichts vor dem andern,
Ob Bauer oder Edelmann! Sagt selbst!
Wir werden gleich geboren, sterben gleich,
So sei im Leben auch die volle Gleichheit!
Wozu nur hoch und nieder, oben, unten?
Wozu die Grafen, Ritter, Herrn und Knecht'?
Was ehrenfest, gestreng! Wozu die Titel!
(Naiv.)
Auch wohlgeboren sollt' sich keiner nennen!

Hipler.
Du aber bist ja wohlgeboren!

Jäcklein (sieht ihn an).
Ich?

Hipler.
Sieh' dir den Nonnenmacher mit der Stumpfnas,
Den Säbelbeinen an — und dich dagegen!

Jäcklein (lacht).
Ja! nehmt Ihr's so? Das macht denn unser Herrgott!

Hipler.
Gott also, siehst du, schafft die Menschen ungleich
An Leib und an Gestalt, an Geist und Kraft,
Und hoch und nieder gibt es — dem Gemüth nach!
Die Menschen sind nicht gleich, mein guter Jäcklein,
Und nennen sich nicht gleich! Wer hinter'm Pflug ging,
Der war erst unten, weißt du, nannt' sich Bauer,
Jetzt ist er oben, hoch, heißt — Oberst-Hauptmann!
Das ist ein Titel, sieh, wie Graf und Ritter —

Jäcklein (der nicht weiß, was er antworten soll).
Mag sein! So nennt mich Mensch —
(Trommeln und Pfeifen von außen).

Hipler.
Still! Horch! Ich glaube
Da kommt er schon!

Jäcklein.
Wer kommt?

Hipler.
Der rechte Mann!

Er bringt, was mangelt — Pulver und Kanonen!
(Lärm von Außen.)

Jäcklein.

Was soll der Lärm? Was jauchzen meine Bauern?

Hipler.

Jörg Metzler ist in's Lager wohl geritten,
Und den begrüßen sie —

Jäcklein (fährt auf).
Den Ballenberger?
Was soll uns der?

Hipler
Still, still! Vertragt Euch, Kinder!
Die Einer Sache dienen, Einem Zwecke,
Die müssen treu zusammen steh'n als Freunde.

Vierte Scene.

Vorige. Metzler.

Metzler.

Herr Kanzler, seid willkommen! (Schüttelt ihm die Hand.)
Bruder Jäcklein —
(Will ihm gleichfalls die Hand reichen.)

Jäcklein (zurückhaltend).
Du bist auch Hauptmann jetzt?

Metzler.
Von Bauers Gnaden!
Als solcher komm' ich, trag' Euch meine Hilf' an.

Hipler.
Doch der ist Oberst-Hauptmann, mögt Ihr wissen!

Metzler.
Was oberst, unterst! Gilt mir gleich. Stellt mich
Wohin Ihr wollt und wo's am dicksten hergeht!
Ich stehe meinen Mann, bin auch gehorsam —
Ich hab' den Ehrgeiz nicht, zu kommandiren!

Hipler (zu Jäcklein).
Du hörst!

Metzler.
  Nun, darf ich mit thun, Bruder Jäcklein?
Sieh', ich hab' Pulver angekauft in Frankfurt,
Und bin gelernt, die Stückwerk' zu bedienen!
Die führen meine braven Odenwälder
Euch Würtembergern zu und sind begierig,
Mit Euch vereint die „Weibertreu" zu stürmen!
  Jäcklein (noch immer zurückhaltend).
Vielleicht nicht noth! Sie wird sich uns ergeben —
  Metzler (zu Hipler gewendet).
So steht's hier gut?
  Hipler (reibt die Hände).
  Das Ding geht vorwärts, mein' ich,
Auch Viele Herrn und Fürsten sagen zu!
So hoffen wir, nach meinem Plan, Ihr Leut',
In Deutschland durchzuführen die Reformen —
  Jäcklein (stutzt).
Reform?
  Metzler.
  Ein Plan?
  Hipler.
  Ja so! Ihr seid nicht eingeweiht —
  Metzler.
Noch nicht!
  Jäcklein.
  Ihr haltet uns zu dumm dafür?
  Hipler.
Längst wollt' ich dir's vertrau'n —
  Jäcklein.
  So sagt es jetzt!
Was thut Ihr so geheim?
  Hipler.
  Du schiltst mit Recht!
Denn der Entwurf ward längst in Druck gelegt.
  Jäcklein.
Nun, lesen kann ich nicht —
  Metzler.
  Ich auch nicht!

Hipler.

Hört denn! —
In zwölf Artikeln ward es aufgesetzt:
Frei sei der Mensch, das Eigenthum, der Boden,
Und kein Leibeigner mehr in deutschen Landen —

Jäcklein (schlägt in die Hände).
Das ist's! So soll's! Der Bauer frei für immer!

Hipler (fährt fort).
Den Herrn und Fürsten wird Entschädigung,
Doch ihrer Macht und Willkür auch Beschränkung,
Und die geweihten Herrn, so hoch als nieder,
Erhalten billig Nothdurft, wie sich's ziemt,
Doch ohne weltlich Regiment; der Krumstab
Soll segnen, nicht regieren oder kriegen! —
Und gleiches Recht für alle, gleiche Münze,
Das Todtengeld, das Umgeld aufgehoben
Wie alle Zwischenzölle und Geleite,
Die Zinse ablösbar und statt des Zehents
Die Kaisersteuer, Einmal nur im Jahr,
Kein Bund des Adels soll in Zukunft gelten,
Ein Schutz nur bleibt: des Kaisers und des Reichs!

Metzler.
Der Kaiser! Recht! Und nicht die hundert Herrlein!

Hipler (bisher schlicht und einfach, wie referirend, jetzt in erhöhterem Ton).
Und über all' die Punkt' und andre soll
Auf einem großen, freien, deutschen Reichstag
In Frankfurt oder sonst verhandelt werden;
Dort hab' der Fürst, der Adel Sitz' und Stimme,
Doch auch die Städte und die Landgemeinden,
Und so, nach Normen, klug und treu erwogen,
Besprochen und erhoben zum Gesetz,
Soll das erneute Deutschland sich regieren,
Den Einen Herrn, den Kaiser an der Spitze,
Sonst wie die Schweiz, ein Land der freien Männer!

Metzler.
Das klingt gar fein! (naiv). Wenn nur was b'raus wird, mein' ich!

Jäcklein (Pause).
Sagt, das entsprang in Eurem Kopf, Herr Hipler?

Hipler.
In allen Köpfen, in dem Haupt der Zeit!
Ich gab die Hand dazu — die Schreibehand.

Jäcklein (aufgeregt).
Fast schäm' ich mich für mich und meine Bauern!
Wir glaubten Wunder damals auszuführen
Zu Judica — Ihr faßt die Sache größer!
Bei Gott, ich neid' Euch Hand wie Kopf, Herr Hipler! —
Doch nein! denn was Ihr schriebt und was Ihr vorhabt,
Das steht in meiner Brust, in meinem Herzen
Seit Jahren eingegraben — kann ich's auch
Nicht klar wie Ihr und bündig wiedergeben,
Und schier die Seele will es mir verbrennen,
Mein Schärflein beizutragen zu dem Werk! —
Ihr habt den Kopf dazu — ich nur den Arm —

Metzler.
Ein Jeder thut nach seiner Art! Ich schieße!

Hipler.
So sei's, mein braver Jörg, mein tapf'rer Jäcklein!
Ob wer mit Knüppeln kämpft, ob mit Gedanken,
Wir Alle sind doch Männer der Bewegung —
Gemeinsam unser Ziel: die Leute vorwärts,
Die Zeit, die stockende, in Gang zu bringen!

Metzler.
D'rum jetzt zur Sach'! Will meine Leute sammeln,
Und die Geschütze, die ich mitgebracht,
Vom Schemelberge nach der Festung richten —
Doch bleibt's dabei, du kommandirst — ich schieß' nur! (will fort.)

Jäcklein (hält ihn zurück).
Metzler, ich wollt' erst deine Hand nicht nehmen —
Gib sie mir jetzt!

Metzler.
Vom Herzen gern! Da hast sie —

Hipler.
So recht, Ihr lieben Freund' und braven Bauern!
Zur Einheit führt nur Eins: die Einigkeit! —
Herr Metzler, kommt, wir richten die Geschütze! (mit Metzler ab.)

Fünfte Scene.

Jäcklein (allein. Dann) **Rosel.**

Jäcklein.
Wie nannt' er's nur? Reform? — Ein großer Plan!
Nicht nur die Bauern frei — nein, alle Menschen!
Das ist's, das ist's! Und dazu darf ich helfen —
Der Glanz, die Glorie, sie muß mir werden!
(Rosel schleicht leise herein, putzt das Zelt mit Blumen.)

Jäcklein (wendet sich).
Wo aber bleiben meine Boten? — Sieh doch!
Rosel, du bist's? Was schleichst du da herum?

Rosel.
Ich putz' dir's Zelt mit Blumen auf —

Jäcklein.
                               Wozu nur?

Rosel.
Es sieht doch lustiger, als so die Leinwand!

Jäcklein.
Die Muhm' hat dich in's Lager mitgenommen?

Rosel.
Ich muß hier Arbeit thun, just wie daheim,
Muß für die Bauern kochen, waschen, scheuern —

Jäcklein (setzt sich auf den Feldstuhl).
Du armes Kind! Du bist ja hart geplagt —

Rosel.
Thu's gern! Wenn nur die Muhm' nicht immer greinte!
Und hat sie's Recht dazu?

Jäcklein.
    Wer sonst?

Rosel.
                          Nun, du!
Denn ich bin deine Magd, dien' dir, dem Jäcklein!
Seit Kindesbeinen fast —

Jäcklein.
Und bist inzwisch'
Ein großes und ein hübsches Dirnel worden! —
Das sagen dir wohl And're auch?

Rosel (unbefangen).
Wie meinst du's?

Jäcklein (steht auf).
Nimm vor den Burschen dich in Acht! So mein' ich's —
Sie stellen jeder hübschen Dirne nach,
Und gibt's ein Unglück, lachen sie dich aus!

Rosel (beleidigt, trotzig).
Bin keine Dirn', mich brauchst du nicht zu mahnen — (will fort.)

Jäcklein.
Rosel, bleib' da! Ich wollt' dir ja nicht weh thun —

Rosel (Pause).
Nimm diese Blumen, steck' sie auf den Hut!

Jäcklein.
Was soll mir das?

Rosel.
Dich zieren soll's, dich schützen
Vielleicht — denn ein Gebet sprach ich beim Pflücken!
Du freilich glaubst nicht d'ran! Die Mutter Gottes,
Die Heil'gen sind dir nichts — hast allem Glauben
Entsagt und folgst der neuen Lehr'! Auch bist jetzt
Ein großer Herr, ein großer Hauptmann worden!

Jäcklein.
Spott' nur! — Wo bleiben meine Boten?

Rosel.
Jäcklein!

Jäcklein.
Was soll's?

Rosel.
Zieh' wieder heim, geh', laß dich mahnen!
Das wüste Thun ist nicht für dich —

Jäcklein.
Schweig', Mädchen!
Dem Bund hab' ich, den Brüdern zugeschworen,

Das Alte ist vorbei, das Neue kommt —
Und eine große That will ich vollbringen,
Das Volk befreien oder untergeh'n!

               Rosel.
Vergib ihm, lieber Gott, den Stolz und Hochmuth!
               (Lärm von Außen.)
               Jäcklein.
Schon wieder Lärm! Sieh nach, was ist!
               Rosel (lüftet den Vorhang).
                         Mein Gott —
               Jäcklein.
Was schreckt dich nur?

               Rosel.
               Zwei todte Männer liegen
Vor deinem Zelt —

               Jäcklein.
Das wär'! Doch nicht, zum Teufel —?
(reißt den Vorhang auf. Man erblickt einen Theil des Lagers.)

               Sechste Scene.

Vorige. Schwarze Hofmann. Nonnenmacher. Joß Fritz.
Hans Flux. Andere Bauern (stehen in Gruppen gesenkten Hauptes bei ein
       paar todten Bauern. Später) Kaspar. Veit.

               Jäcklein (tritt näher).
Was ist? Wer sind die Todten?

               Hofmann (tritt vor).
                         Deine Boten!
Die Herolde! Der Ritter schoß sie nieder!
Es sind nur Bauern! Bauern!

               Jäcklein (beißt die Lippe).
               Was für Ritter?

               Hofmann.
So Einer vom Gelag' in Isling, Jäcklein!

Jos.

Des Grafen Leut'nant war's!

Hans.

Der Dietrich Weiler!
Der längst die Bauern niederpelzt zum Spaß!

Nonnenmacher.

Dem spiel' ich wieder auf!

Hofmann.

Das sollst du, Pfeifer!
Ihm und dem Andern bald, zum Todtentanz!
(Man hört schießen. Kaspar und Veit kommen eilig.)

Kaspar.

Hört Ihr's? Der Metzler schießt vom Schemelberg —

Veit.

Die Stadt erwartet deinen Einzug, Hauptmann!

Kaspar.

Der Thurm liegt halb in Schutt! Wir wollen stürmen —

Hofmann.

Jäcklein, du sinnst!

Rosel.

O, laßt ihn, Muhm'! Er zittert,
Wird blaß und beißt die Lipp' — reizt ihn nicht mehr noch!

Hofmann (stößt sie zurück).

Schweig', dummes Ding! (Zu Jäcklein.) Nun, bist du noch für Schonung?
Du schenktest neulich dem gefang'nen Hauptmann
Das Leben und die Freiheit — Thorheit, Jäcklein!
Der Truchseß läßt die Bauernführer hängen —
Und was geschah den Boten hier? Blick' her!
Du wirst das rächen, blutig rächen, gelt?
(Ergreift seine Hand, führt ihn zu den Leichen.)
Bei diesen Opfern schwöre Du's!

Rosel.

Mir graut's —

Hofmann.

So stürmt und bringt den Grafen mir lebendig —
Er soll für meine todte Grete büßen!

Wer nennt mich Weib? Ich bin die schwarze Hofmann,
Des Volkes Rachegeist! — Gebt mir die Fahne!
Die Ritter müssen d'ran, die Edlen alle!
Gelt, Jäcklein, gelt?

    Jäcklein (wiederholt, in unterdrückter Aufregung).
    Die Ritter müssen d'ran —
    Schw. Hofmann.
So sei's! Und keine Schonung!

    Jäcklein (ausbrechend).
    Ja, die Ritter!
Die Unschuld haben sie, die Lieb gemordet,
Den Kranz des Bräutleins mir in Staub getreten,
In ihrem Uebermuth das Volk zertreten —
Das ist's! D'rum keine Schonung Weib! So sei's! —
Frei sei der Mensch, das Eigenthum, der Boden!
D'rum rings die Edelsitze müssen fallen,
Auf keinem Hügel darf ein Raubschloß ragen,
Dann kann der Bauer erst sein Feld, sein Eigen
Mit Weib und Kindern friedlich sich bestellen,
Der Bürger ruhig schlafen in den Städten! (Ergreift die Streitaxt).
Auf denn, zum Sturm! Als Sieger wird der Jäcklein
Nach Weinsberg zieh'n — und keine Schonung, Brüder!

    (Schwingt die Axt.)
Hört meinen Schwur: Was Sporen trägt, muß sterben!

    Die Bauern (tumultuarisch).
Zum Sturm, zum Sturm! Was Sporen trägt, muß sterben!

    (Alle ab.)

    Rosel (allein).
Entsetzlich! Weh', das nimmt kein gutes End'!
Die Bauern sind so wüst und er ist eitel!
Sie werden ihn zu wilden Dingen treiben. —
Beschützt, Ihr Heiligen, den armen Jäcklein!
Du, Mutter Gottes, bitt' für ihn, ich bitt' dich — (Ab.)

    Verwandlung.
Eine Wiese vor den Thoren von Weinsberg. Im Vordergrunde die Rolandssäule.

Siebente Scene.

Bürgermeister, Schultheiß und **Räthe** (kommen aus den Thoren. Volk drängt nach, auch Weiber, Kinder, von bewaffneten Rathsdienern in Ordnung gehalten).

Bürgermeister.
Das Schießen dort vom Thurm wird schwach und schwächer —

Rath.
Die „Weibertreu" soll über sein! Doch zögert
Herr Jäcklein immer noch mit seinem Einzug —

Schultheiß (wischt die Stirn).
D'rum steh'n wir in der Sonne hier und schwitzen!

Rath.
Die gnäd'ge Gräfin wollt' nicht mit heraus,
Herr Bürgermeister?

Bürgermeister.
Nein. Sie sitzt daheim
Mit ihrem Knäblein, bei der Meinigen,
Zag und betrübt, und beide Frauen jammern!

Schultheiß.
S'ist auch ein Jammer! Diese Pöbelwirthschaft!

Bürgermeister.
Sprecht nicht so laut —

Erster Bürger (am Thor zu den Rathsknechten).
Was drängt Ihr so, Gesellen?
Bin hausgesess'ner Bürger, zahle Steuer,
Und will den Zug auch seh'n mit Weib und Kind!
Kommt! Hier ist Platz —
(Tritt mit den Seinen vor.)

Zweiter Bürger.
So nehmt mich mit, Gevatter!
(Tritt gleichfalls vor.)

Schultheiß.
Hast's nöthig, Schneider! Bleib' bei deinem Flickzeug —

Rath.
So werden jetzt die Bauern uns're Herrn!

Schultheiß.
Die Herrn von Pflug und Egge! Hol's der Henker! —
Sah jüngst ein Bild, stellt' die verkehrte Welt vor —
Da war der Kutscher angespannt, den Zaum
Im Maul, die Rösser saßen Euch im Wagen,
Sie schauten stattlich b'rein als strenge Herrschaft,
Und lenkten mit den Zügeln, mit der Geißel —
Das Eine glich, weiß Gott, auf's Haar Herrn Jäcklein!
Was wird aus deutschen Landen, wenn's so fortgeht?

Bürgermeister.
Schweigt doch, Herr Syndikus! Die Bürger horchen —

Achte Scene.

Vorige. Hipler.

Hipler.
Nun, werthe Herrn, die „Weibertreu" ist über
Und in der Bauern Hand — Gleich wird der Hauptmann
In Eurer Mitte sein!

(Gemurmel unter den Bürgern.)

Bürgermeister.
 Ihr seid Herr Hipler?
Der sich des Volkes Kanzler nennt?

Hipler (händereibend).
 Zu dienen!
Kanzler in partibus, Herr Bürgermeister!
Nur soll das Volk sich erst zusammenfinden —

Schultheiß (halblaut zu den Räthen).
Ein Winkelschreiber! Sucht sich seinen Pöbel —

(Musik von außen.)

Erster Bürger.
Da kommt der Zug!

Zweiter Bürger.
Wo? Laßt mich seh'n! Macht Platz!
(Klettert auf einen Baum bei den Stadtmauern.)

Schultheiß.
Daß dich der Wind vom Baum nicht weht, Herr Bleichzwirn!

Neunte Scene.
Vorige. Jäcklein (mit der Streitaxt). Joß Fritz. Hans Flux. Nonnenmacher. Schwarze Hofmann (die Fahne in der Hand). Bewaffnete Bauern. Rosel (kommt zuletzt und bleibt fern von den Uebrigen).

Erster Bürger (hebt sein Kind empor).
Das ist der Jäcklein, schau, der mit der Streitaxt!

Bürgersfrau.
Ein hübscher Mann!

Erster Bürger.
Nun ja! Es gibt noch Andre!

Frau.
Wer ist das finst're Weib dort mit der Fahne?

Erster Bürger (halblaut).
Die schwarze Hofmann ist's, die Hex' —

Frau (bekreuzt sich).
Gott schütz' uns!

Zweiter Bürger (vom Baum, weht mit dem Sacktuch).
Der Bauernhauptmann hoch, der große Jäcklein,
Der uns die Freiheit bringt!

Schultheiß.
Halt's Maul, du Fingerhut!
Und laß den großen Hauptmann selber sprechen!

Jäcklein (nachdem der Zug sich geordnet).
Ihr, Bürgermeister, und Ihr Herrn vom Rath,
Und liebe Bürger Ihr der freien Reichsstadt,
Wir kommen nicht als Feinde — nein, als Brüder,
Wenn Ihr, wie's festgesetzt, Vertrag uns haltet,
Und treu dem evangel'schen Bunde zuschwört!

Bürgermeister.
Mit Hand und Wort —

Jäcklein (ergreift seine Hand).
So sind wir Freund mit Weinsberg —
(Zur Stadt gewendet.)
Und nur den Rittern feind, die wir bekämpft,
Mit Gottes Hilfe auch besiegt!

Zweiter Bürger (vom Baum).
Vivat!

Schultheiß.
Was kreischt nur der verwünschte Schneidervogel!

Jäcklein (immer zur Stadt gewendet).
So sind wir Freund mit Euch, Ihr lieben Bürger,
Und werden vor dem Truchseß Euch beschützen,
Der, wie die Trauerkund' uns eben zukam,
In Leiphelm blutiges Gericht gehalten
So über Prädikanten, Bürger, Bauern —
(Gemurmel unter den Bürgern.)

Schultheiß (halblaut zum Bürgermeister).
Gott segne mir den Herrn und seine Galgen!

Jäcklein (zu den Bürgern).
Seid unbesorgt! Noch steht Herr Jörg von Waldburg
Hübsch weit von uns, von Feinden rings umgeben,
Und zwischen ihm und Euch ist eine Kette
Von tapfern Männern, eine starke Mauer!

Schwarze Hofmann (tritt vor).
Der Mord von Leiphelm aber wird gerächt
An Denen, die die Weibertreu vertheidigt!

Erster Bürger (zu seiner Frau).
Hörst du die Hex'?

Frau.
Man sollt' das Weib verbrennen —

Jäcklein.
Wir halten später Kriegsrath — jetzt, Ihr Herren,
Zieh' ich mit Wenigen in Eure Stadt,
Und ford're nur Quartier für meine Treuen;
Rings auf den Dörfern soll der Troß verbleiben,
Doch bis wir uns zu neuem Zuge rüsten,
Mögt ihr den Leuten Wein und Speise reichen.

Bürgermeister.

Nach Eurem Willen soll's gescheh'n, Herr Hauptmann! —
Kommt jetzt zur Stadt! Dort an den Thoren soll man
Nach alter Weise friedlich Euch empfangen!
(Geht mit Jäcklein, an dem Thore kommen ihnen weißgekleidete Mädchen entgegen, welche ihm Blumen und Kränze überreichen.)

Rosel (für sich).

Sieh doch! Den Glanz, die Herrlichkeit, die Dirnen —

Jäcklein.

Ich dank' Euch, schöne Mädchen, liebe Kinder —
(Ab zur Stadt mit seinem Gefolge und dem Bürgermeister.)

Die Bürger (nachdrängend).

Der Jäcklein hoch!

Zweiter Bürger (vom Baum).

Hoch, hoch! (Purzelt herunter.)

Schultheiß (lachend).

Du liegst ja nieder!

Zweiter Bürger (reibt sich die Hüfte).

Die evangel'sche Freiheit hoch! (Hinkend ab.)

Schultheiß.

Da hinkt sie!
(Zu den Rathsherrn, weist auf die vordrängenden Bürger.)
Das Schurzfell geht voraus dem Rathsherrnmantel!
Verkehrte Welt! Den Zaum im Maul der Kutscher,
Die Kutsche lenkt das Rößlein und der Esel!
(Ab mit den Rathsherrn.)

Nonnenmacher.

Das sieht nicht aus, als ob man plündern dürft' —
(Nimmt einen Schluck, ab.)

Zehnte Scene.

Hipler (allein. Dann) Metzler.

Hipler (allein).

Der Anfang ist gemacht — das geht ja prächtig!

Metzler (kommt).

Glück auf, Herr Wendel Hipler!

Hipler.
              Heil dem Sieger!

Metzler.
Nicht wahr, hab' brav gedonnert und geschossen?
Bin halt der Freiheit Kanonier und Stücknecht! —
Ich will nur die Gefang'nen hier erwarten,
Dann muß ich gleich zurück, den Thurm besetzen,
Ausbessern frisch die halb zerschoss'nen Mauern,
Denn bünd'sche Reiter zeigen sich von Weitem —

Hipler.
S'ist Marschall Habern, den der Truchseß sendet;
Doch kommt das Häuflein zum Entsatz zu spät!

Metzler.
Wo steht der Truchseß jetzt?

Hipler.
              Bei Ulm. Nur scheint's,
Er werde nächstens nach der Pfalz sich wenden —

Metzler.
Nach Heidelberg?

Hipler.
            Zum alten Churfürst Ludwig!
Die Bauernsache macht den Herrn Verdruß — d'rum
Berathen sie und halten Conferenzen.

Metzler.
Wie seid Ihr doch von Allem unterrichtet!

Hipler.
Freund, man ist Kanzler und man hat Spione! —
Gehabt Euch wohl für jetzt —

Metzler.
            Wie? Ihr verlaßt uns?

Hipler.
Nach Kassel muß ich flugs — der Jäcklein weiß —
Mich mit dem Landgraf insgeheim besprechen —

Metzler.
Ist's denn kein Feind der Bauern wie die Andern?

Hipler.
Philipp von Hessen ist aus besserm Teig —
Er hält's im Stillen mit den zwölf Artikeln.

Metzler.
Mit der Reform? Aha! Er sei gesegnet! (Blickt nach der Seite.)
Da kommen die Gefangenen —

Hipler.
So Viele!
Der Adel Würtemberg's! Man führt dort Einen —

Metzler.
's ist der verwundete Herr Dietrich Weiler!
Sie stießen ihn vom Thurm, der Fall war hart —

Hipler.
Der Thor! Was schoß er ihre Boten nieder? —
Lebt wohl! Erhaltet hier die Ordnung, Metzler — (Ab.)

Metzler (allein).
Hilft so ein Herr, das gibt gleich Muth und Zutrau'n!
Was wär' der Bauer ohne die Doktores!

Eilfte Scene.

Metzler. Graf Helfenstein. Wolf. Andere Ritter und Knappen (gefesselt oder mit Stricken gebunden). Dietrich von Veit und Kaspar unterstützt.

Dietrich.
Sacht, sacht! Ihr schleppt mich ja wie'n Kalb, Ihr Leute —

Metzel (zu den Bauern).
Ihr wahrt die Herrn und Knecht' hier auf der Wiese!
Geh' Einer, sag's dem Jäcklein, daß sie hier sind.
Ich seh' zum Thurm — wenn Kriegsrath wird, so ruft mich! (Ab.)

Zwölfte Scene.

Graf. Dietrich. Wolf. Kaspar. Veit. Ritter. Bauern.

Veit (zu Dietrich).
Ihr habt wohl Schmerzen?

Dietrich (fährt ihn an).
Kümmert's dich?

Veit.

Man fragt doch!

Dietrich.

Legt mich in's Gras und laßt mich ruhig sterben.

Graf.

Gern hülf' ich dir — allein ich bin gefesselt!

Dietrich.

Da geht's mir besser ja als dir — ich hab'
Die Arme frei — nur kann ich sie nicht rühren —
Ich bin als wie gelähmt —

Graf.

Mein armer Freund!

Dietrich.

Arm? Bist du reich? Sag's nicht, sonst kostet's dich
Unmenschlich Lösegeld! Gelt, Leut'?

Kaspar.

Wär' möglich!

Dietrich.

Legt mich auf diese Seit' —

Veit.

So?

Dietrich (schreit.)

Nein — auf jene —
Verflucht! Da thut's auch weh! — So laßt mich liegen! —
Doch einen Schluck — Wein, Branntwein, was Ihr habt! —
Halt' mir's an's Maul! Kann ja die Händ' nicht rühren!
Dank', guter Freund! — Das labt! Doch brennt's auch wieder —
Ich glaub', man nennt das überhaupt den Brand —

Veit.

Ei, macht Euch nicht Gedanken, Herr —

Dietrich.

Gedanken?
Dummkopf! Was brauch' ich, mach' ich mit Gedanken!
Mir scheint, 's ist ausgedacht — und ich bin hin! —
Hör', wenn ich todt bin — in der Tasch' da hab' ich
So'n zehn, zwölf Goldstück' — die sind dein, du bist

Mein Erbe für den Branntwein — laß dich — (krümmt sich im Schmerz)
laß dich —
Von deinen Kameraden nicht bestehlen! —
Dumm, über'n Thurm kopfüber mich zu schmeißen —
Meint Ihr, ich sei 'ne Katz' — und hätt' vier Füß'? —
Herr Gott, das brennt! Noch einen Schluck — nein, laß —
(Sinkt zurück.)
Ich glaub', mir wird nicht gut — ich seh' nicht, hör' nicht —
S'ist aus mit mir — Gott gnade meiner — — Bruder —
(Er stirbt.)

Graf.

Mein Freund ist todt —

Wolf.
Ach, Herr — mein lieber Herr —

Graf.
Er trägt die Schuld, wenn kein Vertrag uns möglich,
Da er die Herold' niederschoß, die Boten! —
Wolf, sei ein Mann! Wir müssen All' an's Messer —

Veit.
Helft mir den Herrn da in das Reisig zieh'n!
Ihr kriegt ein Trinkgeld auch — von meiner Erbschaft —

Dreizehnte Scene.

Vorige. Jäcklein. Schwarze Hofmann. Nonnenmacher.
Joß. Hans. Rosel. Bürger. Weiber. Kinder.

Volk (im Auftreten).
Der große Jäcklein hoch! Der Oberst-Hauptmann!

Jäcklein.
Laßt, laßt! (Tritt vor.) Man bracht' uns, hör' ich, die Gefang'nen —

Schwarze Hofmann. (zupft ihn am Rock.)
Jäcklein, sieh doch!

Jäcklein.
Was ist —?

Nonnenmacher.
Der Helfensteiner!

Schon ba!

Jäcklein (wendet sich rasch).

Schwarze Hofmann.

Er selbst! Der edle Graf! Lebendig!

Nonnenmacher.

Und gar nicht lustig? Auch die andern Rittter!

Schwarze Hofmann.

Das sieht nicht aus, als käm's von 'nem Bankett!

Nonnenmacher.

Und doch geschmückt mit einem Federhütlein! —
Du hast das lang genug gehabt! Gib her!
Will auch 'mal Graf sein! So! (Setzt sich den Hut des Grafen auf.)

Schwarze Hofmann.

Hör', Nonnenmacher,
Du hast dem Herrn zur Tafel oft gepfiffen,
Heut könntest du den rechten Tanz ihm aufspiel'n!

Rosel (die in Jäcklein's Nähe geschlichen).

Jäcklein, du sinnst —

Jäcklein.

Sei still! (Für sich.) Ich hab's geschworen —

Graf (der inzwischen mit seinen Gefährten gesprochen).

Das Letzte sei versucht! Es sind ja Menschen! (Tritt vor.)
Jäcklein, wenn du mich lösen willst, uns Alle —

Schw. Hofmann (stellt sich brüsk vor ihn).

Wie groß die Summ'? Kannst du die schmutz'ge Erde
In Gold und Edelstein umwandeln völlig,
Und das uns doppelt bieten, wär's zu wenig!

Graf.

Was will das Weib? Wir haben's nur mit Männern!
D'rum hört mich an. Kein Mann und kein Soldat
Stößt Waffenlose nieder und Gefang'ne;
Man hält sie fest und fordert Lösegeld,
So will's der Kriegsgebrauch zu allen Zeiten,
Und allen Völkern ist's bewährt und heilig!
Nur Kannibalen tödten ihre Feinde —

Jäcklein.

Meinst du? — So schließt den Kreis, wir halten Kriegsrath!
Ruft auch den Metzler und die andern Führer —

Joß Fritz.
Was Kriegsrath! Führer sind wir auch! Du — Hauptmann!

Hans Flux.
Du räthst bir selber, thust nach deinem Willen!

Schw. Hofmann.
Hier ist die Rolandsäule, der Gerichtsplatz,
Hier sei das Urtheil gleich vollstreckt, wie's ziemt —
Jagt sie nach alter Sitte durch die Spieße!
(Zu Jäcklein, wie aufhetzend.)
Wenn wir schon Kannibalen sind — du hörtest's! —
Das sprach dein Urtheil, Graf!

Jäcklein (sieht ihn an).
Wie? Kannibalen?

Sch. Hofmann (wie oben).
Hör', das sind Menschenfresser! Das sind wir!

Jäcklein (fährt auf).
Wir? So! — (Zum Grafen.) Das Wort ist gut — nur hattest du's
Nicht richtig angewendet! — Kannibalen!
Ich will dir sagen, wer die sind. — Die sind's,
Die seit Jahrhunderten uns knechten, die uns
Zur Frohne treiben und zur harten Arbeit,
Und denen unser Leib wie Geist und Seele hörig!
Wir bau'n ihr Feld und mähen ihre Wiesen,
Wir brechen Flachs für sie und riffeln, rösten,
Wir zinsen ihnen Butter, Schmalz und Hühner,
Und daß sie ruhig schlafen, müssen wir
Zu Nachts im Teich die Frösch' mit Ruthen peitschen,
Indeß sie sich nach altem Recht des Grundherrn
Mit unsern jungen Weibern erlustiren —
Wir treiben Euch das Wild zu Lust und Kurzweil,
Und nagt der Has' an unserm armen Acker,
Den Euer Roß nicht völlig schon zerstampft,
Und will der Wolf in uns're Hürde brechen,
Wir dürfen nicht den Dieb, den Mörder strafen, —
Jagdfrevel nennt man's sonst und schmiedet uns
Mit Eisenklammern an des Hirschen Rücken,
Und jagt uns in die Wälder, Thier zu Thieren! —
Sag' selbst! Wer sind die Menschenfresser? Wir,
Die Bauern? Nein! Die Deinen sind's, die Ritter!
Und ist's ein Krieg wie and're Kriege? Nimmer!
Sind wir Soldaten? Pah! Wir sind nur Bauern!

Wenn sich der Geist in uns empört, wenn wir,
Das Unerträgliche nicht länger tragend,
Als Menschen gelten wollen, was wir sind —
Wie thut man uns? Man schilt uns wilde Bestien,
Und Herren und Fürsten ziehen wider uns,
Und führen also ab'lig Krieg, daß sie
Die Boten, die wir senden, niederschießen,
Und, siegen sie, uns Bauern niedermetzeln!
Nun denn — Aug' gegen Aug, Zahn gegen Zahn!
Und Weinsberg gegen Leipheim, wo der Truchseß
Das Bauernvolk gefangen und geschlachtet! —
(Bis hierher mit wildem Feuer, jetzt langsamer, mit anderer Betonung, wie um sich vor
sich selbst zu rechtfertigen.)
Was Einem recht, das ist dem Andern billig —
D'rum dürfen wir auch keinen Ritter schonen,
Es ist ein Gottesurtheil, wir vollstrecken's — — (abgewendet)
Und folglich durch die Spieße müssen Alle!
(Tritt bei Seite, ohne weiter Antheil zu nehmen.)

       Joß (wild).
Ja, Alle!

       Hans (wild).
  Durch die Spieße!

       Bauern.
  Durch die Spieße!

Vierzehnte Scene.

Vorige. Gräfin Margarete (mit ihrem Knaben aus dem Stadtthor).

  Margarete (drängt sich durch die Bürger).
Ludwig —

    Jäcklein (fährt auf).
 Wer ruft?

      Graf.
   Mein Weib!

      Wolf.
    Die gnäd'ge Gräfin!

   Margarete (kommt nach vorn).
Habt Ihr ein menschlich' Herz, schont meinen Gatten!

           Jäcklein (sichtlich von ihrer Erscheinung ergriffen).
Bist du die Gräfin?
                  Margarete.
                  Ja — das Weib —   (drückt den Knaben an sich)
                              Die Mutter!
                  Jäcklein.
Bei Gott, ein kühnes Weib!
                  Margarete.
                           O schont ihn, schont ihn!
Ihr seid ja Christen, fromme Christen, nennt Euch
Die evangel'sche Brüderschaft — so werdet,
So sollt, so müßt Ihr — müßt Barmherzigkeit
Und Mitleid üben, himmlische Versöhnung
Im Namen selbst des heil'gen Evangeliums!
                  Graf (zu seinen Gefährten).
Ihr hört, das stille Weib, es wird beredt!
's ist nicht umsonst des Kaiser Maxen Tochter!
                  Rosel (hinter Jäcklein, halb versteckt).
Ach, sieh' die fromme Frau, das holde Kind!
                  Jäcklein (nach einer Pause).
Nun, Gräfin Helfenstein, du redest tapfer,
Und bist auch kühn, da du mit deinem Söhnlein
So frisch und frei in unsre Mitte trittst!
                  Margarete (schützt den Knaben).
Wollt Ihr die Mutter tödten mit dem Kinde?
                  Joß (tritt hinzu).
Nun, warum nicht?
                  Hans (ebenso.)
         Vertilgt die ganze Brut!
                  Jäcklein (heftig).
Wer spricht? — Wer mir das edle hohe Weib
Berühren wollt', das Kind, den fällt die Axt hier!
                  Joß.
Was? Drohst du uns?
                  Hans.
         Was kümmert uns das Weib!

Joß.
Die Ritter müssen b'ran!

Hans.
Der Graf vor Allen!

Margarete.
Nehmt Alles, was ich habe, für sein Leben!

Joß.
Und böt'st du Tonnen Goldes, er muß b'ran!

Hans.
Oeffnet die Gasse! Haltet Euch bereit!

Margarete.
Noch nicht! (Eilt auf den Grafen zu, umschlingt ihn.)
Stoßt erst das Weib, die Mutter nieder!

Jäcklein.
Fürwahr, ein edles Weib!

Rosel.
Und Mutter, Jäcklein!

Schw. Hofmann (tritt langsam vor).
Komm', Weib! Das ist kein Platz für dich, kein Anblick —

Margarete.
Ein weiblich Wesen hier! (Eilt auf sie zu.)
Gott sei's gedankt!
Du wirst ihn retten, Du! du hast ein Herz —

Schw. Hofmann.
Für dich? Vielleicht! Für deinen Grafen nicht!

Margarete.
So thu's für mich! Auf ewig will ich mich
In deine Dienste geben, deine Magd sein —
Will deine Kinder warten, pflegen —

Schw. Hofmann (wild).
Sprichst du
Von Kindern, Weib? Ich hab' kein Kind!

Margarete.

Doch hast du Gewalt hier, scheint es, über diese Männer!

Schw. Hofmann.

Die hab' ich wohl! Ich bin die schwarze Hofmann —

Margarete (erschrocken).

Die Hexe!

Schw. Hofmann (hohnlachend).

Ja, die bin ich! Gelt, Ihr Männer?
Ich braue Kräuter, salbe ihre Waffen
Damit, und spreche Zauber — Fluches-Sprüche!
Ja, eine Hexe bin ich — und dein Graf
Hat mich dazu gemacht!

Margarete.

Mein Graf?

Graf.

Sie faselt! —
Wollt Ihr nicht all' mein Gut als Lösung nehmen,
Und muß ich sterben — nun, so macht ein Ende!
Wir geh'n als Männer muthig in den Tod —
(Zu Jäcklein.)
Du aber schütze mir mein Weib, mein Kind!

Jäcklein.

Ich will's — ich werd's!

Margarete.

Und meinen Gatten nicht?
(Eilt auf Jäcklein zu.)
Dein Wesen ist nicht wild, wie dieser Männer,
Wie dieses Weibes hier! Du hattest milde
Und güt'ge Worte für mein Kind, für mich,
In deinem Busen ist ein menschlich Fühlen,
Du bist kein Mörder, kannst kein Mörder sein!
Sieh, deine Knie umklammr' ich — sei barmherzig,
Sieh meine Todesangst, verschon' den Gatten,
Wie eine Gottheit will ich dich verehren —

Jäcklein (in ihrem Anblick vertieft, nach der Pause).

Führt die Gefang'nen fort — wir halten Kriegsrath!
(Verschiedene Bewegung unter den Bürgern und Bauern.)

Margarete (fällt auf die Kniee.)

Herr Gott, ich danke dir!

Schw. Hofmann.
                    Wofür, du Thörin?
Weil diesen Thoren einer Gräfin Jammern
Besticht, der Mannheit ihn vergessen macht? —
Bist du kein Mann, sind wir's, bin ich's, statt deiner! —
Doch erst zu Euch, Herr Graf! Erkennt mich! Ich bin
Die Mutter meiner süßen Margarete!

                    Graf.
So heißt mein armes Weib —

                    Schw. Hofmann.
                         Nun, Herr — so hieß
Auch meine arme Tochter!

                    Graf (sieht sie an).
                         Deine Tochter?
Was soll mir die?

                    Schw. Hofmann.
                         Was sie dir soll? Du hast sie
Getödtet —

                    Graf.
     Ich?

                    Schw. Hofmann.
                         In deine Arme zwangst du
Ein braves Bauernkind — damals in Isling!

                    Graf.
Isling — mein Gott —

                    Schw. Hofmann.
                         Und ich, ich bin die Mutter!
                    (Weist auf Jäcklein.)
Der war der Bräutigam!

                    Nonnenmacher (tritt hinzu).
                         Und ich der Pfeifer,
Der vor der Stubenthür aufspielen mußt',
Als mit der Dirn' das Gräflein sich ergötzte!

                    Schw. Hofmann (tritt zur Gräfin, reißt sie empor).
Willst du noch Mitleid haben, Weib?

Margarete.

Ach, schont ihn —
Laßt seine Sünden früher ihn bereu'n!

Schw. Hofmann.

Nichts da! Jetzt sterb' er, da er's weiß, wofür! — Jäcklein!

Jäcklein (fährt auf).

Was soll's?

Schw. Hofmann.

Gib den Befehl!

Jäcklein.

Ich — will's nicht!

Schw. Hofmann.

Willst nicht? Du mußt! (Tritt hart an ihn.) Hast du's vergessen, Jakob? Du bist gebunden!

Jäcklein.

Ich?

Schw. Hofmann.

Denk' deines Eidschwurs!

Jäcklein.

Mein Gott, ich hab's geschworen — (Schleudert die Axt weg.)

Schw. Hofmann.

Wir Alle! Alle!
So war dein Wort: „Was Sporen trägt, muß sterben!"

Joß.

Was Sporen trägt, muß sterben!

Hans.

Durch die Spieße!

Bauern (tumultarisch).

Was Sporen trägt, muß sterben! Durch die Spieße!

Rosel.

Abscheulich! Gott! Die arme Frau! Ihr schwindelt —
(Eilt auf Margarete zu.)

Schw. Hofmann (höhnisch).
Hilf du dem Weib, wir woll'n dem Mann, helfen! (Winkt Joß.)

Joß (kommandirt).
Oeffnet die Gasse, jagt ihn durch die Spieße!

Schw. Hofmann.
Du, Nonnenmacher, spiel' ihm auf wie damals —
(Der Graf mit verhülltem Haupte tritt in die Gasse, während sich die Spieße erheben, Nonnenmacher sich zum Blasen anschickt. Die Gräfin (in Ohnmacht, von Rosel unterstützt.) Jäcklein (steht in sich gekehrt.)

Der Vorhang fällt rasch.

———

Dritter Act.

(Auf der „Weibertreu" wie zu Anfang des ersten Actes. Das Gewölbe von einer Ampel düster beleuchtet. Die Mauern hie und da zerfallen.)

Erste Scene.

Marschall von Habern (steht im Vordergrund, hinter ihm ein Trompeter.)
Nonnenmacher (in einer Art Aufputz, den Spieß in der Hand, hält Wache am Gang im Hintergrund.) **Schultheiß** (kommt aus dem Thurm über die Steintreppe.)

Schultheiß.

Herr Marschall —

Marschall (wendet sich zu ihm).

Nun? Was habt Ihr ausgerichtet?

Schultheiß.

Umsonst! Die Leut' sind obstinat, Herr Habern!

Marschall.

Ihr sagtet ihnen doch —?

Schultheiß.

Daß unser Weinsberg
Zum nächsten Tag vom Bauernbund sich lossagt,
Und daß Ihr hier seid, um zu unterhandeln —
Doch keine Red' von Uebergab'! Sie wollen
Den Thurm vertheid'gen bis zum letzten —

Marschall.

Gut denn!
Ich kehr' in's Lager meines Herrn, des Truchseß!
Schreibt Euch die Folgen selber zu — (Will fort.)

Schultheiß (hält ihn zurück).

Ich bitte!
Die Folgen! Was für Folgen?

Marschall.

Nun, Ihr kennt sie!
Da Ihr den Thurm uns nicht verschaffen könnt,
Da Ihr die Rädelsführer uns nicht liefert —

Schultheiß (dazwischen).

Wer liefert Bären, Wölfe und Hyänen?

Marschall (fährt trocken fort).
So wird die Stadt, die die Rebellen aufnahm,
Des Grafen Mörder und der andern Edlen —
Wird dem Erdboden gleich gemacht.

Schultheiß.
Nicht übel! —
Ausnahmen könnten aber doch — zum Beispiel
Mein Haus, des Schultheiß, der der guten Sache
Stets treu gedient und über die Rebellen
Gleich wacker losgeschimpft, sei's Bürger, Bauer —

Marschall (wie oben).
Nun, Euer Haus brennt wie die andern!

Schultheiß.
Wetter!

Marschall.
Was ließt das Volk Ihr über'n Kopf Euch wachsen!
Strafe muß sein, Ihr habt's verdient, Ihr Bürger!

Schultheiß.
Die Bürger, so die Alltags-Hausbesitzer!
Concedo — zugegeben! Aber ich,
Qua Syndikus, versteht, qua Obrigkeit —

Marschall.
Sollt' man Euch eine Wurst a parte braten?
Der Truchseß hat's befohlen — damit holla!
(Ab mit dem Trompeter. Nonnenmacher salutirt.)

Schultheiß.
Sic jubeo! Recht türkisch! Hat's befohlen!
(Dem Abgehenden nach.)
Herr, bratet Würste, aber keine Häuser! (Will fort.)

Nonnenmacher (hält ihn auf).
Herr Schultheiß, sagt doch —

Schultheiß.
Was?

Nonnenmacher.
Wie steht's mit uns?

Schultheiß.

Mit dir? Nun, wenn du's wissen willst, dir geht's
Wie unsrer Stadt! Der Truchseß hat geschworen,
Lebendig zum Exempel dich zu braten —

Nonnenmacher.

Braten?

Schultheiß.

Hol' doch der Henker diese Wirthschaft!
Die Bauern erst, gleich d'rauf die Soldateska —
Das nenn' ich aus dem Regen in die Traufe!
Das sind die Folgen der verfluchten Freiheit — (Ab.)

Nonnenmacher (allein).

Braten? Warum? (Thut einen Schluck.)

Zweite Scene.

Voriger. Jäcklein. Dann schwarze Hofmann.

Jäcklein (mit der Axt vom Thurm, spricht zurück.)
Zündet ein Feuerzeichen,
Das weit hin leuchte durch das Land, dann weckt
Die Leut', daß sie bereit sich halten —
(Tritt vor.) Schw. Hofmann (kommt vom Thurm.)

Nonnenmacher (ihm entgegen).

Jäcklein!
Weißt du was Neu's? Der Truchseß will mich braten!

Jäcklein.

Weil du dem Grafen aufgespielt zum Spießtanz!

Schw. Hofmann (betrachtet Nonnenmacher).

Trägst auch sein Wams, siehst völlig reputirlich —

Nonnenmacher (betrachtet sich wohlgefällig).

Es war sein Haus-Gewand, seht, Sammt und Seide!
(Wischt die Augen, trunken gerührt.)
Der arme Herr! Die abgelegten Kleider —
Ich trag' sie nur zu seinem Angedenken!
Der Kaspar schwört, er hätt' sie mir vermacht —
Laß' auch 'ne Messe lesen für den Grafen —
Und dafür wollte man mich Unschuld braten? —
Unsinn! Ich mag nur dieses Branntwein-Feuer —

Schw. Hofmann.
Der Unhold ist betrunken wie gewöhnlich!

Nonnenmacher.
Braten! Du, Jäcklein! Schwarze Hofmann! Mich!
Den armen Spielmann, der sein Stückel blies,
Von ungefähr zur Exekution kam,
Harmlos, versteht, und ohne alle Absicht —
Bruder, du weißt's! (Taumelt, will Jäcklein umarmen.)

Schw. Hofmann.
Mach' fort! Laß uns in Ruh'!

Nonnenmacher (im Abgehen).
Braten! Weil ich geblasen? S' bleibt ein Unsinn —
(Nimmt einen Schluck, ab nach dem Thurm.)

Dritte Scene.

Schw. Hofmann. Jäcklein.

Schw. Hofmann.
Die Leute d'roben sind verzagt — meinst du,
Daß wir im Stande sind, den Thurm zu halten?

Jäcklein (nach kleiner Pause).
Hat nicht der Hahn gekräht?

Schw. Hofmann.
Zum erstenmal —

Jäcklein.
Gerade recht! Dann ist's um drei Uhr Morgens —

Schw. Hofmann.
Errath' ich dich? Wir zieh'n hier ab?

Jäcklein.
Es muß wohl!
Der Truchseß schlug sein Lager auf vor Weinsberg,
Bedroht den Thurm, die Fürsten sind im Anzug,
Der alte Pfalzgraf mit dem falschen Hessen,
Der uns verfolgt, die seinen Glauben theilen!
Die Bürger sind uns feind, Jörg Metzler mit den Seinen
Hat von der Bauernsach' sich losgesagt —
Das ist nun Eure Schuld!

5

Schw. Hofmann.
Wie das? Wie meinst du's? —
Weil jenem Gräflein wir sein Recht gethan,
Der meines Kindes Seel' und Leib vergiftet?

Jäcklein.
Sein Recht? Nun ja — (Setzt sich auf die Mauerbrüstung.)

Schw. Hofmann (zuckt die Achsel).
Reut's dich? Wir sind im Krieg!
Und that der Truchseß besser an den Unsern?
D'rum schwuren wir: Was Sporen trägt, muß sterben!
Sag', war's nicht so?

Jäcklein.
So war's!

Schw. Hofmann (fixirt ihn).
Und wär's nun anders?

Jäcklein.
Ich hab's geschworen, Schwüre muß man halten!
Und doch — (Hält inne.)

Schw. Hofmann.
Und was? (Tritt näher.) Sie dauert dich? die Gräfin? —
Wir hielten sie gefangen dort in Weinsberg!
Du hast sie fortgeschickt —

Jäcklein.
Nun, mit der Rosel!

Schw. Hofmann.
Wo sind die beiden hin?

Jäcklein.
Weiß ich's? In's Kloster —

Schw. Hofmann.
Wir hätten sie als Geißel halten sollen!

Jäcklein.
Die Dam' — Meinst du's?

Schw. Hofmann.
Du nicht? — Fast sollt' man denken —
(Hält inne.)

Jäcklein (scheu aufblickend). Was?

Schw. Hofmann.
Die seib'ne Fee, sie hätt' dir's angethan,
Die schöne Helfenstein, die Margarete!

Jäcklein (steht langsam auf).
Ich hatt' ihr Kind beschützt —

Schwarze Hofmann (ausholend).
Sie wollt' dir's danken?

Jäcklein (zögernd).
Mehr noch —

Schwarze Hofmann.
Was noch? — Du solltest sie begleiten?

Jäcklein (nickt mit dem Kopf).
D'rum schickte sie die Rosel mir herauf —

Schwarze Hofmann.
So hätt'st du um ein Weib uns schier verrathen?

Jäcklein.
Wer sagt's? Ich bin ja da, bei Euch —

Schwarze Hofmann.
Doch halb nur!
Du grübelst, sinnst und träumst — ermanne dich!
(Tritt näher.)
Den Jäcklein nennt man dich, den Bauernhelden,
Durch's ganze Würtemberg erklingt dein Namen,
Du wolltest Ruhm und Glanz — du haft's erreicht!
Und nun — sitzt dir's so tief? Wo deine Mannheit?
Die frommen Augen und die weißen Hände,
Die feine Sprach', das ganze zarte Wesen —
Hat's dich gepackt, du armer, blöder Jäcklein?
Verbrennt dich so die Lieb' um deine Gräfin?

Jäcklein (fährt auf).
Die Lieb'? Du sagst, die Lieb?

Schwarze Hofmann.
Wie nenn' ich's anders?

5*

Jäcklein.
Die Lieb', die Lieb' —

Schwarze Hofmann.
Zum schönen Weibe, Jakob!
Doch lacht sie dich wohl aus! Die Gräfin, Bauer!
Wo bleibt die Gleichheit? Sag'!

Jäcklein.
Haft recht! Wo bleibt sie?

Schwarze Hofmann (aufhebend).
D'rum gilt es Kampf und wieder Kampf! Das bringt sie!

Jäcklein (begierig).
Kampf, Kampf! Haft recht! Das brauch' ich, Weib, das brauch' ich!
Was kümmert sich der Jäcklein um die Weiber! (Geht herum.)

Schwarze Hofmann.
So recht! Nun bist du Mann! So wollt' ich dich!

Vierte Scene.

Vorige. Joß Fritz. Hans Flux. Nonnenmacher. Bewaffnete
Bauern.

Joß.
Da sind die Leut', das Feuer ist gezündet —

Jäcklein.
Still! Horch! (Hörner-Signale aus der Ferne.)

Joß.
Was ist —? dort bläst's!

Hans (erschrocken).
Das sind die Fürsten!

Jäcklein.
Mag sein! Doch auch die Bauern sind's von draußen!
Denn wißt, ich hab's mit ihnen abgeredet,
Daß sie beim Morgengrau'n in's Lager brechen,
Indem wir sprechen, rücken sie heran,
Wir aber fallen aus und helfen ihnen!

Joß.
So zieh'n wir fort?

Jäcklein.
Der Thurm ist nicht zu halten!
Ihr seht das halb zerfallene Gemäuer —

Hans.
Doch zieht das Heer der Fürsten uns entgegen?

Jäcklein.
Dann gilt's, sich durch zu schlagen, Kameraden,
Zum großen Bauernheer, dort an der Jart,
Der Kanzler ist voraus und auch der Metzler! —
Wißt ihr ein besser Mittel, sagt's!

Schwarze Hofmann.
Sein Rath
Ist gut! D'rum rasch hinaus! Bedenkt nicht lang.
(Spricht mit den Bauern.)

Nonnenmacher.
Ein Schluck — dann blas' ich Euch den Lieblings-Marsch —
Taugt gleich zum Raufen und davon zu laufen!
So lang ich blase, bleib' ich ungebraten —

Schw. Hofmann *(zu den Bauern)*.
So seid ihr einverstanden?

Jäcklein.
Also vorwärts!
Du seg'ne ihre Waffen, schwarze Hofmann!

Schw. Hofmann.
Entblößt die Häupter denn und senkt die Speere —
Horcht dem geheimnißvollen Zauberspruch!
(Feierlich.)
Incubus! Incubus! —
Ich schütze dich
Gegen Hieb und Stich —
Und wie der Speer braust,
Die Kugel her saust,
Der spitze Pfeil soll schwach sein,
Bleikugel flach sein,
Du beim Geschosse-Regen
Mit meinem Segen
Wie unter sicher'm Dach sein! —
Der Glaube führt zum Sieg —
Das hilft zum Krieg!

So klingt mein Scheidegruß –
Incubus! Incubus! —
Jetzt in den Kampf! Ihr seid gefeit, Ihr Männer! —
Du, Jakob Rohrbach, führst uns an!

Jäcklein.

Ich will's!
(Ergreift die Streitaxt.)
Und wär's zum letzten Mal, daß ich die Axt da schwinge!

Schw. Hofmann.

Warum? Denk' an den Glanz, der dir verheißen!

Jäcklein.

Die Glorie! Hast recht! — Vielleicht gelingt's mir,
Daß ich in's Herz den Henker Truchseß treffe,
Dann mag mit mir gescheh'n nach Gottes Willen! —
In Kampf, Ihr Brüder, für die Bauern-Freiheit!
In Kampf, Ihr Bauern, für die Menschen-Gleichheit!
(Tumult. Alle ab. Kriegerische Musik.)

Verwandlung.
Zelt des Truchseß.

Fünfte Scene.

Pfalzgraf (mit dem Stock), **Landgraf** und **Truchseß** (treten ein).

Truchseß.

Willkommen, gnäd'ge Herrn, in meinem Lager!
Ihr bringt Verstärkung? Nun, ich kann sie brauchen!

Pfalzgraf.

Kern-Truppen sind's, Herr Jörg, aus Pfalz und Hessen,
Die Schreckensnachricht trieb uns an zur Eil'!
Die Ritter alle durch die Spieß'! Was sagt Ihr?
Der Adel Würtemberg's, die besten Namen!

Truchseß (streicht den Bart).

An Todtenopfern soll's nicht fehlen, Hoheit!

Pfalzgraf.

Was hilft's? Wird Keiner doch davon lebendig! —
Wie steht der Rummel? Sagt!

Truchseß.
                              Just nicht zum Besten!
Hier hoff' ich zwar des Aufstand's Herr zu werden,
Doch gährt's auch anderwärts, in allen Ländern,
Vom Ober-Rhein bis nach Tirol und Salzburg;
In Franken hat sich Götz von Berlichingen
Dem Bauernheer als Hauptmann angetragen,
Und zieht auf Würzburg los, es zu belagern.

                    Pfalzgraf.
Die alte Eisenfaust, wie ich ein Krüppel!
Die Welt ist aus den Fugen, unser Deutschland
Zerbröckelt, Niemand, der's zusammen leimt!
Für dieses Jahr ist Schlimmes prophezeiht,
D'rum stehen die Kometen auch am Himmel —
Die Welt geht unter, sag' ich Euch, geht unter!

                    Truchseß.
Nicht doch! Die Welt steht fest, mein gnäd'ger Churfürst!
Sind doch wir beide da, hält Seine Gnaden
Von Hessen doch zu uns — (streicht den Bart) wenn insgeheim auch
Ein Freund Herrn Luther's und der zwölf Artikel!

                    Pfalzgraf (erschrocken).
Herr Bruder, wie? Ich will nicht hoffen, daß Ihr —?
Die zwölf Artikel sind ein Werk des Teufels! (Bekreuzt sich.)

                    Landgraf.
Ein Körnlein Wahrheit liegt darin —

                    Pfalzgraf (stutzt).
                              Ihr findet?

                    Landgraf.
Ob Lutheraner oder nicht, Herr Truchseß,
Hier gilt's, die Ordnung wieder herzustellen,
Rebellen zu bekämpfen, nicht den Glauben —
Und dazu biet' ich gerne meinen Arm;
Ein's aber sag' ich frei: man hat am Volk
Nicht immer wohl gethan, so ward es schwierig,
Und da zu helfen ziemt's und zu verbessern!

                    Truchseß (immer trocken und rauh).
Wenn wir die Selbsthilf' erst zurückgeschlagen,
Die stets vom Uebel ist!

Pfalzgraf (eifrig).
Ganz meine Meinung!

Truchseß.
Die That von Weinsberg schreit durch's ganze Deutschland,
Und ich, der Truchseß, werd' sie blutig rächen!

Pfalzgraf (gutmüthig).
Nun, allzu scharf macht schartig, lieber Herr! —
Was habt Ihr vor? — Leben und leben lassen,
Das ist so meine Politik, Herr Jörg! —
Was habt Ihr vor?

Truchseß (streicht den Bart).
Die Stadt zu äschern —

Pfalzgraf.
So! Hm —

Landgraf (lebhaft).
Ihr werdet's nicht! Bedenkt! Die freie Reichsstadt —

Truchseß.
Die Mörder- und die — Ketzer-Stadt, Herr Landgraf,
Die den Rebellen Thor und Thür geöffnet!

Pfalzgraf.
Ja, das — das wohl! Doch bleibt's ein theurer Spaß! Nun —
(Zum Landgrafen.)
Ist's eine freie Reichsstadt, Liebden, mag sie
Auf eig'ne Kosten auch sich wieder aufbau'n!

Sechste Scene.

Vorige. **Marschall von Habern.** Ein Offizier.

Pfalzgraf.
Da kommt Herr Habern! Ist was Neues, Marschall?

Marschall.
Dort auf den Hügeln ist's nicht richtig, Hoheit!
(Zum Truchseß.)
Der Thurm, Ihr wißt, wollt' nicht kapituliren,
Jetzt aber rührt sich's drin; der Jäcklein, mein' ich,
Führt was im Schild —

Pfalzgraf.
Der Jackel Rohrbach?

Truchseß (lacht trocken).
Wart nur!
Kommst bald an Galgen, Bursch! (Zum Officier.) Die Reiterei soll
Aufsitzen flugs, und laßt die fremden Truppen,
Die frisch und ausgerastet, ihnen beisteh'n!
(Officier ab. Eine Ordonnanz ist aufgetreten und hat mit dem Marschall gesprochen.)

Truchseß.
Sonst etwas noch?

Marschall.
Man fragt nach Seiner Gnaden —

Landgraf.
Nach mir?

Marschall.
Ein Fremder, der sich Doktor nennt —

Pfalzgraf.
Herr Philipp hat's doch immer mit Gelehrten!

Truchseß.
Empfangt den Herrn in meinem Zelt, Herr Landgraf! —
Es bleibt bei meinem Spruch. Vollzieht ihn, Marschall!
Der Sonnen-Aufgang soll kein Weinsberg finden. (Marschall ab.)

Siebente Scene.

Pfalzgraf. Landgraf. Truchseß.

Truchseß.
Ihr seid wohl scharf geritten, liebe Herren?
Wollt Ihr nicht ruh'n?

Pfalzgraf.
Laßt nur! — Die Ritter durch die Spieß'! —
Es will mir gar nicht aus dem Sinn! Der Adel! —
Der muntre Dietrich auch?

Truchseß.
                    Den hat der Pöbel
Vom Thurm gestürzt —

          Pfalzgraf.
                    So jo! — Ein Mensch wie's Leben!
Die Backen! Und die Lunge! Und der Magen!
S'war eine Lust, ihn essen seh'n und trinken —
Wenn solche Riesen sterben, wer ist sicher,
Daß er noch Athem holt die nächste Stund'? —
Ich sag' dir, Truchseß, uns're besten Tage,
Sie sind vorbei, 's ist kein Behagen mehr,
Ich seh's an mir, die Zeiten sind jetzt anders!
Freu'n mich die Späße meines Narr'n wie früher?
Und mundet mir der Wein wie sonst? Beileibe!
Und setzt der Koch mir meine Lieblingsspeisen
Bei Tafel auf, so stier' ich mit der Gabel
Und schluck' die Bißlein ohne rechte Eßlust!
Weißt du, warum? Weil aus der Welt die Freude,
Die Lust dahin! 'S ist Alles angefressen,
Man glaubt nicht, daß es hält und wieder gut wird!
Die Welt geht unter, sag' ich Euch, geht unter —
          (Trompeten-Signale.)
          Pfalzgraf (horcht auf).
Da geht's los!

          Truchseß.
          Sind meine Reiter, Churfürst!
Wie Disteln köpfen die die Bauernschädel!
Ich denk', wir werden bald mit ihnen fertig,
Denn uns're Macht ist groß durch Eure Beihilf'!
Und so umzingeln wir die Bauern-Kerle,
Die Rückzugslinie ihnen abzuschneiden. —
Lebt wohl! Ich muß an's Werk —

          Pfalzgraf (lebhaft).
                    Gebt mir ein Pferd!
Der alte Pfalzgraf ist kein Stubenhocker
Trotz seinem Zipperlein! — Doch erst ein Frühtrank! —
'S ist für den Morgen-Nebel! (Ordonnanz bringt Wein, er trinkt.) So!
(Wischt den Mund mit dem Aermel.) Und jetzt
Zur Sach' —

          Truchseß (will ihn unterstützen).
          Erlaub' Eu'r Gnaden —

Pfalzgraf (tätscht ihn auf die Wange).

    Laß nur, Truchseß!
Ich humple zwar und schleppe mich gar mühsam
Auf eb'ner Erd', doch sitz' ich hoch zu Roß,
Bin ich ein ganzer Mann, denn nur die Beine
Sind mir defect — sonst frisch, alert wie Keiner!
So Trotz der Welt und ihrem Untergang — (Ab mit dem Truchseß.)

Achte Scene.

Landgraf (allein. Dann) **Hipler**.

Landgraf (allein).

Ich bin in bösem Zwiespalt mit mir selber!
Rebellen sind's, die man bekämpfen muß —
Doch sind's auch Menschen, meine Glaubensbrüder!
Gern schützt' ich sie vor diesem harten Truchseß,
Und muß dabei stehn, wie man sie vernichtet —

Hipler (eintretend).

Herr Landgraf, gnäd'ger Herr —

Landgraf (erschrocken).

    Um Gott! Herr Hipler! —
Was schafft Ihr hier? Man weiß, Ihr war't in Weinsberg!
Ihr ließt die That gescheh'n —

Hipler.

    Ich nicht —

Landgraf.

      Sie ist doch
Geschehen!

Hipler.

Leider Gott's! Kaum daß ich fort war —

Landgraf.

Und unf'rer reinen, unbefleckten Sache
Drückt sie den Stempel auf der Barbarei!

Hipler (nach kleiner Pause).

Ich sucht' Euch auf in Kassel, gnäd'ger Herr —

Landgraf (wie verlegen).

Ich war beim Pfalzgraf zum Besuch —

Hipler (fixirt ihn).

Mit dem Ihr
Und mit dem Truchseß Allianz geschlossen —
So sind' ich Euch im Lager uns'rer Feinde!

Landgraf.
Beklagt die Unthat, die mich hergetrieben! —
Wo sind nun die Reformen, die wir träumten?
Nichts als Ruinen, Blut und Graus! Helft Ihr
Dem armen Volke so? Man möcht' verzweifeln!

Hipler.
So kleinlaut, gnäd'ger Herr? So hoffnungslos?
Warum? Weil eine Schaar von trunk'nen Bauern
Dem wilden Truchseß in das Handwerk pfuschte?

Landgraf.
Macht, daß er Euch nicht antrifft, bester Herr!
Ihr seid gar kühn, kommt in des Löwen Höhle —

Hipler (guter Laune).
Nun, ist's ein Löwe, bin ich eine Maus!

Landgraf.
Noch einmal, Freund, was sucht Ihr hier im Lager?

Hipler (mit Ernst).
Euch, gnäd'ger Fürst! — Darf ich von Herzen sprechen? —
Der Bauer, seht, hat den Verzweiflungskampf
Um freien Boden und um freien Leib
Mit Muth begonnen und mit kühner Wildheit —
Doch Bauer bleibt's! für uns're höhern Zwecke
Wird er nicht reif — man muß ihn fallen lassen,
Muß seinen Klagen, so gerecht sie sind,
Das Ohr verschließen, seinen bittern Leiden
Abhilf' erst vorbereiten für die Zukunft —
Der Bauernkrieg wird aus, ich seh' das kommen,
Allein der Volkskrieg nicht, der Kampf der Geister,
Dem sich ein Mann wie Philipp nicht entzieh'n darf!

Landgraf.
Kämpf' ich denn nicht? Leg' ich die Händ' in Schooß?
Neutral bisher, hab' ich in meinem Hessen
Der neuen Lehre Samen ausgestreut,
Und will mich offen bald zu ihr bekennen!

Nun, wird's erst ruhig, Herr, braucht's keinen Reichstag,
Und weil Bewegung, gilt es sich bewegen!

Landgraf.
Wollt Ihr im Sturm ein neues Chaos schaffen?

Hipler.
Und wär's! Die künft'ge Schöpfung bleibt nicht aus!

Landgraf.
Sieh, was besteht, das muß erhalten werden!

Hipler.
Und was sich nicht erhält, muß untergeh'n!

Landgraf.
Schafft Ihr uns Ruh', soll Alles besser werden —

Hipler.
Verbessert erst, dann kommt die Ruh' von selber!

Landgraf.
So wollt Ihr neue Kämpfe, neuen Aufruhr?

Hipler.
Der Bauern-Rummel war das Vorspiel nur!

Landgraf (erschrocken).
Ihr also drängt zur Revolution?

Landgraf (Pause).

Sag' das dem großen Kaiser Karl, nicht mir!
Ich bin ein kleiner Fürst, nicht angethan,
Die Großthat des Jahrhunderts zu vollbringen!

(Pause, dann muntere Musik und Jubeln von außen).

Ihr hört, der Kampf ist aus, die Sieger jubeln! —
Lebt wohl! Zieht unvermerkt davon, ich bitt' Euch —

Hipler.

Und darf ich keine Hoffnung mit mir nehmen?

Landgraf.

Was wär' zu hoffen noch?

Hipler (lebhaft).

Das Höchste! Alles!
Doch rasches Handeln gilt's, o Herr! Wir müssen
Den Reichstag uns erzwingen, den wir brauchen!
Nun denn — die Sach' ist reif, längst vorbereitet!
Die fränk'schen Stände sind mit uns, der Landtag,
Viel' Herrn und Fürsten mit den freien Städten,
Von Nürnberg, Augsburg bis hinauf nach Hamburg —
Die Bauernführer, sonst getrennt, sie sind
Verbunden jetzt zum ganzen, hellen Haufen,
Die Franken, Odenwäldler mit den Schwaben —
Das Heer steht an der Jaxt, an zwanzigtausend!
Sag', willst du jetzt an unsre Spitze treten?

Das deutsche Heer, die deutsche Nation
Erwartet sich's von dir, Philipp von Hessen!

Landgraf.

Geht das so weit? O rasendes Beginnen!
So wollt Ihr Deutsche gegen Deutsche führen,
Heer gegen Heer und Fürsten gegen Fürsten?
So wollt Ihr Bürgerkrieg?

Hipler.

Nein, Bürger-Freiheit!

Landgraf.

Du nennst ein Wort, das süß und lockend klingt!
Gar eine holde Göttin ist die Freiheit,
Doch die mit Blut ihr dienen und Gewaltthat,
Sie liefern sie gefesselt — dem Tyrannen!

Hipler (lebhaft).

Bringt er die Macht, erlöst uns von der Ohnmacht,
Dann sei er mir willkommen, Herr! Ein deutscher
Tyrann! Den brauchen wir, der könnt' uns helfen,
Die Leute unter Einen Topf zu bringen! —
Zum letzten mal! Hältst du mit uns?

Landgraf.

Ich — Kann's nicht,
Darf's nicht — und will's nicht! Soll ich meine Freunde
Verrathen? Sprich! Mich selber? Gegen mich
Zu Felde zieh'n und meine Ueberzeugung!
Du stehst mich hier im Bunde mit den Fürsten,
Den Aufruhr zu bekämpfen, die Empörung —

Hipler. (Pause).

Steht's so? — Nun, ich bedaure dich — nicht uns!
Du bist der Mann nicht, den wir brauchen, Philipp!
Großmüthig nennt man dich — du bist nur gütig,
Und kommt's zur That, so fesselt dich der Kleinmuth —
Die neue Zeit, sie schlingt dir keine Kränze! —
So leb' denn wohl! Hier scheiden unsre Wege,
Ich zu dem Volk, du stehe zu den Fürsten!
Du willst es, Herr? Krieg also, Krieg! — Der Kaiser
Im fernen Welschland führt ihn gegen Frankreich,
Wir hier und mit den innern Feinden Karl's,
Den hundert Herrlein all', den kleinen Kaisern,
Die nur die Macht des großen Kaisers brechen,

Des großen Volkes — denn es gibt ein Ding,
Gibt eine Kraft und eine Allgewalt,
Der, wenn sie sich erst fühlt, dem Erben-Riesen,
Kein Feind von Nord und Westen widersteht —
Die Macht, sie heißt die deutsche Nation!
Und daß sich unser Volk den Platz erringe,
Der ihm gebührt und seinen großen Gaben,
Dafür mit Freuden greifen wir zum Schwert,
Wo's deutsche Ehre gilt und deutschen Boden! (Ab.)

Neunte Scene.
Landgraf. Dann Marschall. Später Pfalzgraf.

Landgraf (allein).
Gott sieht mein Herz! An alles Beß're dacht' ich —
Die Noth zu lindern und dem Volk zu helfen!
Die Einen tadeln mich dafür — die Andern
Mißtrauen mir, weil ich nicht unbedacht
Mit ihnen stürzen will in's Schrankenlose!
Doch wo sich die Parteien wild bekämpfen,
Wer glaubt an eines Fürsten gute Meinung?

Marschall (kommt langsam).
Der Aufstand in der Näh' ist unterdrückt,
Die Häupter theils getödtet, theils gefangen —
(weist nach dem Ausgange des Zeltes, durch welches ein röthlicher Schimmer bringt.)
Seht Ihr, wie's röthet?

Landgraf (mit sich beschäftigt).
Was? Die Morgensonne?

Marschall.
Die wird den Brand erst später uns beleuchten!

Landgraf (lebhaft).
Weinsberg! So ist's gescheh'n? So ist's vorbei?

Marschall (zuckt die Achsel).
Der Herr befiehlt, der Diener muß gehorchen!

Pfalzgraf (tritt auf).
Nein, was zu viel ist, ist zu viel —

Landgraf.

Der Gräuel
Noch mehr?

Pfalzgraf.

Ich bin ein alter Kriegsmann, Liebden,
Doch was ich eben sah — mir ward fast übel! Denkt nur!
Die Hexe fiel im Kampf, die schwarze Hofmann,
Flugs ward ihr Leichnam in die Glut geschleudert,
Und jener Pfeifer, den des Truchseß Leute
An einer Kette schleppten, ward gezwungen,
Ein Sterbelied zu blasen für das Weinsberg,
Dann stießen sie ihn selber in die Flammen! —
Ich hab' noch keinen Menschen braten seh'n —
Zwar hat's der Kerl verdient — allein ein Graus war's! —
Ich kam zurecht, die Andern noch zu retten —

Landgraf.

Lebt wohl —

Pfalzgraf.

Wohin?

Landgraf.

Nach meinem stillen Kassel,
Wo ich neutral mich halten will wie früher! —
Ich bin kein Freund von Blutgerichten, Pfalzgraf,
Und mag nicht Zeuge sein, wie dieser Truchseß
Auto da fe's in spanischer Grandezza
Mit Ketzern hält und stummen Grimm's bedauert,
Daß er den Landgraf nicht zur Ehre Gottes
Darf inquiriren lassen und torquiren! (Ab.)

Zehnte Scene.

Pfalzgraf. Marschall. Später **Margarete. Rosel.**

Pfalzgraf.

Nun, nun, so arg ist's nicht — wenn arg genug wohl!
Da draußen sind nur Bettler und Gefang'ne!
Ich theil' mein Letztes aus — mein Sack ist leer, seht —
Ich und die Gräfin Helfenstein —

Marschall.

Die Gräfin?

Pfalzgraf.
Ja, aus Sankt Klara kam sie, aus dem Kloster,
Wo sie die Schutzfrau ist und bald Aebtissin,
Zu bitten da für die verirrten Schafe!
Nun, sind auch Böcke drunter, wie der Jackel —

Marschall.
Der Jäcklein ist gefangen?

Pfalzgraf.
      Meinen Pfälzern
Ergab er sich, der Uebermacht! Die Gräfin
Sagt, daß er ihren Herrn wie gern verschont hätt'!
Ich wies sie an den Truchseß — seht, da kommt sie!

Margarete
(in Trauerkleidern mit Rosel auftretend).

Mein theurer Fürst! Der Truchseß hat erlaubt,
Daß wir mit dem Gefang'nen uns besprechen —

Pfalzgraf.
Potz! Will er ihn begnadigen?

Margarete.
     Ich hoff's!
Er wird Euch brüber seine Meinung sagen. —
Darf ich ihn sprechen jetzt?

Pfalzgraf (zum Marschall).
      Sagt's meinen Leuten!
Sie soll'n ihn bringen, aber ohne Stricke —

Margarete.
Er ist in Eurer Haft! Wenn Ihr — (hält inne.)

Pfalzgraf (mit einer Pantomime).
       Ihr meint? —
Gern ließ' ich ihn entkommen — doch ich darf's nicht!

Rosel (küßt ihm das Kleid).
Ach, thut's doch, gnäd'ger Herr —

Pfalzgraf.
     Wer ist das Mädel?
Wohl seine Braut?

Margarete.
Sie könnt' es werden —

Pfalzgraf (betrachtet Rosel). Hm! —
Was müßt Ihr Schwabenköpfe rebelliren?

Margarete (unruhig).
Ihr werdet bei dem Truchseß Euch verwenden?

Pfalzgraf.
Für ihren Jackel? — Gern, Frau Gräfin, gern!
Dem armen Ding zu lieb! — Wenn's nur was hilft! —
War er nicht Wirth? Ein aufrecht Mann, der Geld hat,
Und Haus und Hof und solch ein artig Bräutlein,
Das seinetwegen sich die Augen ausweint!
Was wollt' der Narre Beß'res han, der Volksnarr?
Verdiente, daß man so bei Brod und Wasser
Ein — vierzehn Tag' ihn einsperrt' oder länger!
Nun wart nur, wart! — Zum Truchseß! Kommt, Herr Habern!
(Im Abgehen.)
Verzweifelt hübsch ist diese Schwaben-Jungfrau —
Was hilft's? Die Welt ist doch zu End' mit Nächstem!
(Ab mit dem Marschall.)

Eilfte Scene.

Margarete. Rosel. Dann Jäcklein.

Rosel.
Sagt, gnäd'ge Gräfin, wird er frei?

Margarete.
Noch hoff' ich's —
(Jäcklein wird gebracht.)

Rosel (eilt auf ihn zu.)
Da ist er! Jäcklein —

Jäcklein.
Rosel!

Rosel.
Sieh, wer da ist!

Margarete (tritt vor).

Jäcklein —

Jäcklein.
Die Dam'! — Die Gräfin —

Rosel.
Die dich rettet!

Die für dich spricht! Nicht wahr?

Jäcklein (in Margaretens Anblick).
Die Gräfin selber —
(Dumpfes Trommeln von fern.)

Rosel (erschrickt).

Da trommelt's —

Margarete.
Sieh, was ist —

Rosel.
Sie wird dich retten! (Ab.)

Zwölfte Scene.

Margarete. Jäcklein.

Margarete (eilt auf ihn zu, in Aufregung).
Jäcklein, ich bin in deiner Schuld —

Jäcklein.
Ihr kommt zu mir —

Margarete.
Dein Leben ist bedroht — doch zage nicht!
Ich hoff' es von den Fürsten zu erbitten,
Daß sie dich milde büßen, wenn du Reue
Versprichst und bessern Wandel! Willst du's, Jakob?

Jäcklein (in ihrem Anblick).
Ihr kommt zu mir —

Margarete.
Hör' mich doch an! Versprichst du's?

Jäcklein (ohne recht zu verstehen, fährt auf).
Was soll ich —?

Margarete.
Reue, Besserung!

Jäcklein.
Wie meint Ihr's?

Margarete.
Ich ließ dich mahnen durch das gute Mädchen —
O hätt'st du damals mir gefolgt, hätt'st dich
Zu rechter Zeit getrennt von deinen Leuten —

Jäcklein.
Da war's zu spät! Die That war längst gescheh'n —

Margarete.
Durch And're, nicht durch dich! — Ich weiß wohl, Jäcklein,
Daß dich die Rache antrieb um die Unbill,
Die man an dir verübt —

Jäcklein.
An meinem Bräutlein!
Dein Herr —

Margarete.
Sprich nicht davon — Du thust mir weh!
Du hast den Gatten mir verschonen wollen —
Man soll dich schonen um des Grafen willen,
Daß der bei'm ew'gen Richter Gnade finde!

Jäcklein.
Laßt nur! (Trotzig.) Ich nehm's auf mich — mich band ein Eidschwur!
Auch reut's mich nicht! Die Ritter mußten fallen —
Das Volk muß selber sich befreien, Gräfin!
Das Volk ist auch etwas! Die Herrn sollen's wissen!

Margarete.
Sprich nicht so wild, mach' dich nicht schlecht, du bist's nicht!
Sieh, was Euch Alle spornt, ich fühl's, begreif's wohl,
Es ist der lange Druck, der auf Euch lastet —
Doch konnt' ein rascher Augenblick genügen,

Euch von den Drängern zu befrei'n? War't Ihr
Die Männer, Eure Fesseln zu zersprengen?
Bist du der Mann dazu?

Jäcklein.
Ich nicht?

Margarete.
Nein, nein, du Armer!
Du hast ein braves Herz, den besten Willen,
Doch braucht's wohl and're Kraft zu solchem Werke!
Bist du ein Held, ein Feldherr, um zu kämpfen?
Bist du ein Fürst, ein König, zu regieren?
Ein Weiser, der Gesetze gibt? Ein Staatsmann?
Das Alles braucht's — Ein's mindestens von Allem,
Um in's Gewirr der Völker einzugreifen!
Und bist du Alles das? Nur Eins? Sag' selber!

Jäcklein.
Du meinst, ich hätt' mich übernommen, Gräfin?
Du weißt nicht, was mir Großes prophezeiht ist —
Ein helles Licht, ein Glanz —

Margarete.
So täuscht man Euch,
Das arme Volk, führt Euch in Wahn und Irrthum!
Doch deine Richter werden das begreifen,
Sie werden milde dich bestrafen, gnädig,
Vielleicht mit kurzer Haft — und wirst du frei,
Dann send' ich dich auf Eines meiner Güter,
Verborgen lebst du dort und still, bis diese
Stürme vorüber und vergessen sind,
Das liebe Mädchen soll dich hin begleiten —

Jäcklein.
Die Rosel?

Margarete.
Die dir's herzlich meint —

Jäcklein.
Die Rosel! —
(Naiv.) Und du?

Margarete.
Ich komme ab und zu, besuch' Euch —

Jäcklein (lebhafter).
Ich dürft' dich seh'n, dich sprechen?

Margarete.
Wie denn nicht?

Jäcklein (besinnt sich).
Was hilft's, Du bist doch eine stolze Gräfin —
Und ich ein Bauer nur — wo bleibt die Gleichheit?

Margarete.
Gleichheit? Sieh, ich versteh' dich nicht!

Jäcklein.
Wie magst du's?
Du bist in Sammt und Seide ja geboren,
Ich steh' vor dir in diesem groben Kittel! —
Und doch — und doch —

Margarete.
Worüber sinnst du?

Jäcklein.
Ueber
Die Menschen und die Welt — und über dich! —
Du sprichst so schlicht und gut mit mir —

Margarete.
Ich mein' dir's
Auch gut —

Jäcklein.
Gewiß! gewiß! Ich weiß! Du hast ja
Die frommen Augen meiner sel'gen Mutter —

Margarete.
Laß mich zu dir in ihrem Namen sprechen —

Jäcklein.
Warum? Nein, sprich in deinem Namen, Gräfin!

Margarete.
Du hast Vertrau'n zu mir?

Jäcklein.
Wie zu dem Beicht'ger!
(Kindlich.)
Ich wollt' dir alle meine Sünden sagen —

Margarete.

Daß du zu hoch hinaus willst, ist dein Fehler,
Nach allzu großen Dingen strebst! Vergiß das,
Gib auf die Kämpfe, dieses wilde Treiben,
Arbeite, bau' dein Feld, wie du's gewohnt warst,
Schaff' Segen rings um dich und für die Deinen,
Die Andern aber laß die Welt verbessern —
Sei fromm und suche Gott, den du verloren,
Und Frieden kehrt in deine Seele wieder! —
Willst du's? — Du hörst mich nicht? Du sprichst nicht, Jäcklein?

Jäcklein.

Wie gut du bist!

Margarete.

Und du bereust, nicht wahr?
Bekennst den Fürsten deinen bösen Irrthum?

Jäcklein.

Was kümmern mich die Fürsten! Dir nur, dir —
(bewegt).
Du bist so lieb, so gut! Die Kaiserstochter!
Ich bin ein armer Bauer nur — und du —
Du kommst zu mir! (Sinkt laut schluchzend zu ihren Füßen.)

Margarete.

Dir beizusteh'n, zu helfen,
Die Seele dir zu retten wie den Leib! —
Wer geht nicht fehl? Ein Irrgang ist das Leben!
(Hält die Hand über sein Haupt.)
Ich lös' dich deiner Schuld, mein Bruder Jakob!

Jäcklein (steht langsam auf).

Du nennst mich Bruder — sieh, das ist die Gleichheit!
Das ist die Glorie, die mir verheißen!
Das ist der Glanz — der Glanz!
(In ihrem Anblick, thut langsam einen Schritt vorwärts.)
Wie schön du bist!

Margarete.

Jäcklein, was soll's?

Jäcklein (sanft bittend).

Nein, zürne nicht, Frau Gräfin!
Ich sag' nichts mehr — ich wollt' dich nicht beleid'gen —
(Pause. Dann wieder dumpfes Trommeln).

Dreizehnte Scene.

Vorige. Rosel. Dann Pfalzgraf. Marschall. Zuletzt Truchseß.

Rosel (verstört, wankt herein).

Gräfin —

Margarete (aufgeschreckt).
Was ist —?

Rosel.
Sie holen ihn zum Tode —

Jäcklein (zu Margarete).
Leb' wohl —

Rosel (eilt auf ihn zu, umschlingt ihn).
Du stirbst nicht, nein —

Jäcklein (immer in Margareten's Anblick).
Muß man denn leben?
Ich hab' das Schönste ja erlebt, die Gleichheit!
(Pfalzgraf kommt mit dem Marschall).

Margarete (dem Pfalzgrafen entgegen).
Churfürst! Ihr bringt uns Gnade?

Pfalzgraf (zögernd).
Ja — das heißt —

Jäcklein (tritt vor).
Quält mich nicht, Herr, und schenkt mir einen freien
Und fröhlichen Soldatentod! Erschießt mich!

Truchseß (ist aufgetreten und bleibt im Hintergrunde).

Pfalzgraf (kleinlaut).
Mehr hab' ich auch für dich nicht ausgerichtet!
Wenn sich die Trommel rührt zum drittenmal —

Rosel (wild).
Das soll nicht, nein! Der Jäcklein darf nicht sterben!
Du, schütz' ihn, Frau!

Margarete (zum Pfalzgrafen).
Ist Gnade möglich? Sprecht!

Pfalzgraf.
Nicht ich, der Truchseß kommandirt — (gewahrt ihn).
   Da ist er!

Margarete (eilt auf den Truchseß zu).
Truchseß von Waldburg, schone diesen Mann!
Er hat mein Kind beschützt, mich selbst —

Truchseß.
            So hör' ich!
Allein der Graf ist, mein' ich, durch die Spieße?

Rosel (tritt hinzu).
Das wilde Volk, Herr, hat's gethan, nicht er!
Die Andern haben ihn so mitgerissen —

Truchseß.
Er aber war des Volkes Rädelsführer!

Margarete.
Er ward gekränkt, gereizt, im Innersten
Verletzt! — Verschweige nichts, sag' Alles, Jäcklein!

Truchseß.
Kannst du der Schuld dich reinigen, so sprich!

Jäcklein (nach einer Pause).
Wie heißt der Vogel, der aus seiner Asche
Neu aufsteh'n soll?

Truchseß.
   Das Fabelthier, der Phönix?

Jäcklein.
Phönix! So ist's! Das Volk ist so ein Vogel!
Die Flügel regen sich, dann wird er flügge —
            (wendet sich langsam zum Truchseß).
Nun, Herr, so thaten wir zum Werk, wir Alle,
Und ward der Flügel lahm, der Flug zu kurz,
Seht, heute fing' ich's wieder an — nur anders!
Doch And're nach uns werden's besser treffen,
Der Kampf wird fortgesetzt, den wir begonnen,

Und fördern soll das Werk und nimmer rasten,
Bis sich des Bauern Leib und Geist befreit!

    Truchseß (zu Margarete).
Nun, Euer Schützling thut gar wild und trotzig!

    Margarete (rasch).
Nein, er bereut! Es ist das arme Volk,
Das flehend dir in ihm entgegen tritt,
Das unterdrückte, viel gepeinigte!
Unmenschliches hat er erlitten, Truchseß,
Schreckbar-Unsägliches! Ach, meine Zunge
Könnt' wärmer ihn vertheidigen, dürft' sie
Den Mann dir nennen, der mir theuer war,
Der diesem Mann das Liebste hat entrissen,
In Jammer und Verzweiflung ihn gestürzt —
Sag', ist's ein Wunder, wenn die eig'ne Qual
Wie seiner Freunde, seiner Brüder Leiden
Des Aufruhr's blut'ge Fahn' ihm in die Hand gab?
Und doch — sieh, er bereut! Zu meinen Füßen
Bekannt' er seine Schuld — sprich selber, Jakob!
    (zum Truchseß).
Ich aber, die für ihn um Schonung bittet,
Ich bin, du weißt's, die Gräfin, deren Gatte
Der Fürstensache fiel, die Kaiserstochter!
    (Da der Truchseß nicht antwortet.)
Soll ich noch länger bitten, dich beschwören?
Soll ich dir, Truchseß, einen Fußfall thun?
    (Zu Jäcklein.)
Knie du vor diesen Herrn und bitt' um Gnade!

    Jäcklein.
Ich sollt' —?

    Pfalzgraf (heimlich).
Mach' keine Flausen, Mensch, und duck' dich!

    Rosel.
Der beugt kein Knie! Ich will statt seiner —

    Jäcklein.
          Laß!
    (Zu Margarete.)
Du hast mich retten wollen — das genügt mir!
Ich dank' dir, liebe Gräfin Margarete!

(Zum Truchseß.)

Doch du vernimm, wie mir zu Muth ist, Herr!
Ich haß' dich bitter wie den bösen Feind,
Der alles Gute hindert und verkehrt —
Und wie du uns den Untergang geschworen,
Hab' ich in's Herz dich treffen wollen, Truchseß! —
Thu, wie du willst, mit mir — wie ich dem Grafen!
Ich knie' vor Gott, nicht vor des Volkes Henker!

          Pfalzgraf (halblaut).
Er hat den harten Bauernschädel, merk' ich!

          Truchseß (streicht den Bart, zu Margarete).
Ihr hört, das arme Volk! — Marschall von Habern,
Ihr führt die Exekution — (Ab.)

          Pfalzgraf (zu Margarete.)
          Das Knieen
Hätt' nichts geholfen, glaubt's, ich kenn' den Truchseß! (Trommeln.)

          Marschall (nähert sich.)
Jäcklein, 's ist Zeit —

          Jäcklein.
          Schwester, leb' wohl! Ihr beide —

          Rosel.
Jäcklein — Jäckeln — (Stürzt ihm zu Füßen.)

          Jäcklein (hebt sie sanft auf).
          Nun, nun, du gute Rosel!

(Das Zelt wird geöffnet. Man erblickt die noch rauchenden Trümmer von Weinsberg, von der aufgehenden Sonne beleuchtet; Männer, Weiber und Kinder stehen und liegen in trauernden Gruppen. Trommeln. Landsknechte mit Büchsen treten vor.)

          Jäcklein.
Ich komme, Kameraden! Vorwärts! Rasch! —
Die Sonne bricht dort durch die Morgen-Nebel —
          (Breitet die Arme aus.)
Die Glorie! — Die Trümmer glühen, brennen —
Der Phönix brennt, das Volk! Doch aus der Asche
Hebt sich das Volk auf's Neu' — das Volk ist ewig!
          (Rasch zum Gehen gewendet. Gruppe der Uebrigen.)

          Ende.

Druck von Moriz Förster.